必须以铸牢中华民族共同体意识为新时代党的民族工作的主线，推动各民族坚定对伟大祖国、中华民族、中华文化、中国共产党、中国特色社会主义的高度认同，不断推进中华民族共同体建设。

——习近平

一起生活

『石榴籽』故事 第二辑

《『石榴籽』故事（第二辑）》编委会 编

黄河出版传媒集团
阳光出版社

图书在版编目（CIP）数据

"石榴籽"故事. 第二辑. 一起生活 /《"石榴籽"
故事（第二辑）》编委会编. -- 银川：阳光出版社，
2022.8
　　ISBN 978-7-5525-6468-6

　　Ⅰ.①石… Ⅱ.①石… Ⅲ.①故事－作品集－中国－
当代Ⅳ.①I247.81
　　中国版本图书馆CIP数据核字(2022)第158028号

"石榴籽"故事　第二辑　一起生活

《"石榴籽"故事（第二辑）》编委会　编

责任编辑　李少敏　林　薇
封面设计　赵　倩
责任印制　岳建宁

黄河出版传媒集团
阳　光　出　版　社　出版发行

出 版 人　薛文斌
地　　址　宁夏银川市北京东路139号出版大厦（750001）
网　　址　http://www.ygchbs.com
网上书店　http://shop129132959.taobao.com
电子信箱　yangguangchubanshe@163.com
邮购电话　0951-5014139
经　　销　全国新华书店
印刷装订　宁夏凤鸣彩印广告有限公司
印刷委托书号　（宁）0024431

开　　本　787 mm×1092 mm　1/16
印　　张　8
字　　数　53千字
版　　次　2022年8月第1版
印　　次　2022年8月第1次印刷
书　　号　ISBN 978-7-5525-6468-6
定　　价　70.00元（全3册）

序　言

　　中华民族五千多年的发展历程，就是一部各民族交往交流交融的历史；追求国家大一统、推进民族团结融合始终是历史主流，推动各民族不断交流汇聚，形成了你中有我、我中有你、谁也离不开谁的中华民族多元一体格局，构建了一荣俱荣、一损俱损、命运与共的中华民族共同体。

　　伟大的中国共产党从成立起，就积极探索适合中国国情的解决民族问题的道路。新中国成立后，我党确立了以民族平等、民族团结、民族区域自治、各民族共同繁荣为主要内容的民族理论和民族政策基本框架，形成了民族工作的一系列基本制度和政策。改革开放以来特别是党的十八大以来，以习近平同志为核心的党中央因应国内国际形势的发展变化，不断丰富

和发展党的民族理论和民族政策，就民族工作作出一系列重大决策部署，强调铸牢中华民族共同体意识、各民族共同团结奋斗共同繁荣发展、坚持和完善民族区域自治制度、促进各民族交往交流交融、依法治理民族事务等，推动我国民族团结进步事业取得历史性成就，铸牢中华民族共同体意识得到各族群众的广泛认同，已经成为各民族的自觉意识和行动指南。

宁夏自古就是各民族交往交流交融的地区。生活在这片热土上的各民族为宁夏的发展繁荣贡献了力量，书写了民族团结进步的光辉篇章，推动中华民族朝着伟大复兴的目标奋勇前行。1958年10月宁夏回族自治区成立，开启了各民族发展进步的新纪元。在党的民族理论和政策的光辉照耀下，宁夏的民族团结不断巩固发展，特别是进入新时代以后，在以习近平同志为核心的党中央坚强领导下，宁夏各族儿女继承弘扬民族团结优良传统，孕育了一个个相濡互化、互鉴交融的感人故事，书写了一篇篇手足相亲、守望相助的动人篇章，唱响了一曲曲同心同德、同向同行的

伟大赞歌。

大德敦化，小德川流。《"石榴籽"故事》第二辑在第一辑基础上，赓续以爱国主义为核心的民族精神，坚持以社会主义核心价值观为引领，分三册生动展示各民族"一起走过"的历程，多景呈现各民族"一起生活"的经历，深刻描绘各民族"一起实现"的愿景，能够让人切身感受到各民族水乳交融、唇齿相依的强大凝聚力，牢固树立休戚与共、荣辱与共、生死与共、命运与共的中华民族共同体理念。

事成于和睦，力生于团结。我们坚信，在以习近平同志为核心的党中央坚强领导下，我们将铸牢中华民族共同体意识，推进中华民族共同体建设，进一步凝聚起团结奋斗的磅礴力量，为全面建设社会主义现代化美丽新宁夏，实现中华民族伟大复兴的中国梦团结奋斗！

《"石榴籽"故事 （第二辑）》编委会

2022 年 5 月

目 录
CONTENTS

红梅赞

红梅成铁梅

平罗县城关镇明珠社区党支部书记李红梅，大家都习惯叫她"李铁梅""活雷锋""暖心书记""傻大姐"。从红梅到铁梅，虽一字之差，但饱含了群众对李红梅的感激、褒奖和肯定。

千锤百炼，锻造成铁。

从2004年到社区工作以来，李红梅已经在这个岗位上干了19年。19年来，从汝箕沟镇到城关镇，从山上到山下，从普通干事到社区书记，虽然工作地点、工作岗位一直在变，但她对工作的热情从未改变。党建、计生、民政、卫生、劳动保障、医保、综合治理……社区工作不论大小，工作性质、内容大体相同，一根针穿起千条线，桩桩件件都是为各族群众服务。如何不断创新工作思路、打造社区特色和亮点，李红梅一直在思考、在摸索。

2015年6月，她从古城社区调到了明珠社区。明珠社区是一个老年人多、下岗失业人员多、留守儿童多的大社区。社区面积1.33平方千米，下辖12个小区，常住8300多户29000多人。

针对社区少数民族多的特点，她牵头成立了工作领导小组，挑选人脉广、有责任心的居民作为网格助理员，宣传国家政策，了解群众诉求；打造民族团结志愿者队伍，形成上下联动、齐抓共管的社区民族团结工作网络。依托社区"民族团结一家亲"服务站，开辟服务窗口，倾听各族群众的心声，为他们提供低保救助、残疾救助、再就业培训、社保补贴等各项服务。利用道德讲堂、市民学校宣传民族团结政策，不定期开展联谊会、访谈会、趣味运动会、道德模范评选等活动，激发各族群众参与社区建设的积极性、主动性、创造性，增强居民的归属感和幸福感。

2012 年，27 岁的马涛因工致残后，媳妇留下不到 3 岁的女儿和他离了婚。为了让女儿能够健康成长，马涛强忍着身心的双重痛苦，开出租车维持生计。2015 年，陈丽华走进了马涛的生活。在交往中，随着对彼此了解的深入，两个年轻人碰撞出爱的火花，但他们的爱情遭到了双方家长的强烈反对，无奈之下，马涛选择了向社区求助。李红梅了解情况后，先后多次上门找双方父母做思想工作，虽然遭受了辱骂、驱赶，但她依然耐心地开导双方父母，摆事实、讲道理，终于打动了双方家人。2019 年，在李红梅的见证下，有情人终成眷属。如今，已上小学五年级的女儿，在马涛和陈丽华的精心呵护下，健康成长。

针对党员分布不均衡、党员作用发挥不明显等问题，李红梅将"红马甲"志愿帮扶与社区服务相结合，探索出了一种社区治理新模式——"一站一会五服务"。

"一站"是党员先锋站。发挥党员的先锋模范作用，由点及面，辐射社区 3 个党小组、9 个社区网格，完善"点面结合，立体覆盖"的服务网络，引领广大党员实干争先。

2020 年，一场突如其来的新冠肺炎疫情席卷全国，社区作为城市最基本的单元，成了守护城市安全的阀门。作为社区书记的李红梅，面对前所未有的压力和挑战，以身示范，扛起了党员先锋的大旗。

为了将各项防疫工作落实到位，她两天两夜不曾合眼，连续 8 天不曾回家，带领工作人员冒着零下十几度的严寒，一夜之间在辖区内搭建起了 12 个帐篷。

2020 年 2 月 7 日下午，东方明珠 B 区有个志愿者因不明原因突然晕倒，正在 A 区工作的李红梅接到消息后，立即奔向靠近 B 区一侧的围墙。从 A 区大门出去到 B 区，即使跑步至少也得 15 分钟。人命关天，她顾不得多想，在 2 个清洁工的帮助下，翻上 2 米高的围墙，脱下军大衣当缓冲垫，一跃而下，第一时间飞奔到志愿者身旁。经过及时抢救，最终该志愿者有惊无险，李红梅却浑身是土，脸色苍白，几近虚脱。

在她的示范引领下，党员胡刚一边照顾瘫痪在床的86岁老母亲，一边投入值班值守工作中；刚做完白内障手术的党员杨晓萍顾不上休息，坚守岗位；66岁的党员陈子荣在岗位上默默坚守了99天；65岁的党员王洪林服务居家隔离人员，一守就是十多个小时……明珠社区党支部56名党员争先参与抗疫工作，谱写了一段段抗疫佳话。

"一会"是明珠"红马甲"志愿帮扶协会。协会从孵化到运行的近6年时间里，那一抹"志愿红"就如一簇簇燃烧的小火苗，活跃在大街小巷，扶贫济困、慰问孤寡、服务千家，传递着人间的真情与大爱。开展志愿服务活动以来，明珠"红马甲"志愿帮扶协会先后获得"自治区最美志愿服务社区""自治区学雷锋示范社区"等十余项殊荣。

"五服务"是以党员为骨干成立了5支志愿服务队。一是成立党员志愿者服务队。发动党员志愿者对低保特困户、单亲家庭、残疾人、下岗失业人员家庭的困难学生开展"一对一"扶贫帮困活动，累计慰问困难家庭 300 户，设立 20 个就业岗位，捐资助学 3 万元。二是成立老年人健身文娱活动服务队。组建"你来我来一家亲"文艺宣传队，妇女节组织趣味运动会，清明节开展文明祭祀宣传，儿童节组织文艺演出，端午节组织包粽子，重阳节开展"孝老爱亲从你我做起"主题活动……组建老年人艺术团，白天在社区活动室排练小品和演奏器乐，晚饭后在小区广场排练舞蹈，为辖区居民每年平均演出 20 场次。三是成立医疗志愿者服务队，该服务队由辖区医护工作者组成，定期为辖区 530 多名老人进行志愿服务，举办健康讲座，送医送药。四是成立法律志愿者服务队，该服务队由辖区法律专业人员组成，进行法律法规宣传、司法援助、矛盾调解，处理纠纷 65 起。五是成立假期托管班志愿者服务队，让辖区放假在家的大学生志愿者轮流值班，为托管对象提供作业辅导、心理咨询等服务。

"我们文化程度低，平时忙着打工挣钱，没有时间教育孩子，没想到孩子的书法水平提升这么快。"

明珠社区桥东民生家园小区居民陈女士说，"这多亏了平日里社区'五点半学校'和'爱心大课堂'对孩子的培养。"

另外，社区还成立了夜校。针对辖区进城务工人员，邀请志愿者进行就业技能培训，已有512人拿到了高级电焊工、电工、化验员资格证。

用铁的意志支撑，以铁的纪律管理。一年四季，从早到晚，在李红梅的带领下，明珠社区的工作开展得红红火火。

"这么多年，如果没有婆婆的陪伴和鼓励，我不可能坚持到现在。"提到已故的婆婆，李红梅几次流泪。丈夫去世后，她和婆婆、女儿相依为命。多年来，虽然婆婆住在她管辖的社区，但千头万绪的工作让她无暇顾及，只能在节假日和周末抽空去看看老人，陪老人说说话、吃顿饭，来也匆匆，去也匆匆，以至于身边的亲人忍不住埋怨："老人是因为不放心你才跟你到平罗的，社区那么多的优惠政策，也没见你给她一点特殊照顾。"工作19年，服务过5个社区，李红梅一直以铁面示人，不管是自己的亲戚朋友，还是普通的社区居民，她都一视同仁。"婆婆在明珠社区住了多年，我确实没让老人家享受过特殊照顾，因为社区是大家的社区，不是我李红梅一个人的社区。我要服务的是整个社区的群众，而不是我自己的亲人。在这一点上，我不后悔。"

她可以为救人翻墙，也会为亲人流泪，坚如铁，柔似水，红梅成铁梅，实至名归。

最美志愿者

李红梅是社区党支部书记，也是一名普通的志愿者。"在人生最低谷的时候，是志愿者把我带出了困境。我成立明珠'红马甲'志愿帮扶协会的初心，就是要把志愿者精神发扬光大，让更多需要帮助的人得到帮助。"

十多年过去了，提起第一次参加志愿服务的情景，李红梅仍然记忆犹新。2009年2月，相伴10年的丈夫突发疾病离世，留下她和不满8岁的女儿。突如其来的变故击倒了她，整整半年时间，她以泪洗面，走不出失去亲人的阴影。这时，几个志愿者找到她，约她一起去参加志愿服务，借此散散心。

在平罗县姚伏镇70多岁的路国志老人家里，李红梅懂得了什么是真正的党员：一辈子过得虽然清贫，但从不给党和国家添麻烦。当志愿者把爱心物资送到老人家里时，老人却连连摆手："不了不了，我也没为党作过什么贡献。你们把这些东西送给更需要的人吧。"困难如斯，还在为别人着想，老人的举动让她深受感动。

更让她感动的是，老人的家里珍藏着一枚边角磨得发白的党徽，老人说，那是他的传家宝。原来，老人是上过前线的老兵，是火线入党的老党员。当老人打开层层叠叠的包裹给她看时，她说，那一刻，她的心亮堂了。

那次志愿服务后，她将所有的悲痛深埋心底，只立下一个心愿：把自己活成一道光，照亮周围，温暖他人，让志愿服务精神发扬光大。

感恩的心有了依靠。2017年6月，明珠"红马甲"志愿帮扶协会正式注册成立。自此，李红梅数年如一日走在志愿奉献的道路上，串百家门，解百家愁，无怨无悔。

居住在古城社区的梦婷、梦凡姐妹俩，父亲车祸意外去世一年后，母亲也因乳腺癌去世。两个还未成年的孩子在一年多时间里先后失去了父母，生活一度陷入困境。得知这件事情后，李红梅多方协调，联系社会组织提供有效帮扶，帮助姐妹俩度过了人生的至暗时刻。当姐姐梦婷以优异的成绩考入西安体育学院，在她为高额的学费和生活费发愁时，李红梅又一次来到了她家，拉着她的手说："梦婷，你安心上学，学费的事我们大家帮你想办法。你放心，我们一定会筹资让你把大学读完。"随后的日子里，李红梅为梦婷筹集学费四处奔波，终于在开学前将筹集来的11650元打入了她的账户，梦婷得以顺利进入大学。在爱心人士的关爱下，妹妹梦凡也顺利上了初中。如今，梦婷已大学毕业并参加了工作。最为可贵的是，梦婷、梦凡姐妹俩都做了志愿者，一有空，她们就跟着协会慰问贫困家庭，帮着打扫卫生，按摩理发。"在我们家最困难的时候，是红梅阿姨和明珠社区'红马甲'协会帮我们渡过了难关。我们只有像她一样去帮助别人，才是对她最好的回报。"梦婷说。

2020 年的一天，李红梅接到一个求助电话。电话是石嘴山市三中高一学生陆峰打来的，孩子在电话中说，他的父亲在他两岁时被判了 15 年的有期徒刑，母亲于 2012 年意外死亡，他和爷爷奶奶生活在一起。爷爷奶奶年事已高，体弱多病，每个月的收入仅够维持两位老人的药费，他的学习费用没有着落，他自己非常着急却又无能为力。

了解到陆峰家的现实情况后，李红梅与王峰义务帮扶团队在短短 10 天之内筹集到善款 13400 元，全部转交给陆峰，并叮嘱他安心完成学业。收到捐款后，陆峰的爷爷奶奶老泪纵横，连声道谢。

明珠社区是平罗县辖区面积最大的社区，李红梅将社区老、弱、病、残、贫人员熟记于心。她惦记着王静、王双的学习情况，惦记着周玉荣、周福荣姐妹俩的孤儿证有没有办下来，惦记着姚伏镇的孤儿丁羽有没有棉衣穿，也惦记着头闸镇照顾瘫痪妻子的 70 岁老人梁建设的身体状况……这些年，李红梅参与帮扶过的困难家庭达 300 多户 1000 多人，发放的衣物 10 万多件，发放的米面油价值 20 多万元，个人捐款 2 万多元，累计志愿服务时间达 12000 小时。在她的示范和倡导下，明珠"红马甲"志愿帮扶协会志愿者人数如同滚雪球一样，从最初的 50 人增加到现在的 2000 多人。

2017 年，在由中央宣传部、中央文明办组织的推选学雷锋志愿服务"四个 100"（100 个最美志愿者、100 个最佳志愿服务项目、100 个最佳志愿服务组织、100 个最美志愿服务社区）先进典型活动中，李红梅获得"最美志愿者"荣誉称号，是宁夏唯一获此殊荣的志愿者。

心暖千万家

在明珠社区，谁家有生活困难，谁家有老弱孤残，谁家需大病救助，谁家需低保补贴……李红梅都一一记在心上。平日里，无论工作多忙，她都会定期看望辖区内的低保户和孤寡老人，问问他们的生活情况，听听他们的所需所求。"红梅书记爱说爱笑，嗓门也大，每次她一进门，感觉整个屋子都热闹了。"提起李红梅，民生家园小区 86 岁退伍军人蔡树礼赞不绝口。老人说，李红梅每次来都会给他带东西，有一次他去城关镇办事回不来，李红梅专门打车过去把他接了回来。"这些年她没少帮我，要说我们这个书记，那真是比女儿还暖心啊！"

在一次入户调查时，李红梅了解到辖区低保户李桂琴（化名）的两个孩子都在上学，丈夫在外打工，长期不在身边，生活较为困难。于是她联系了一名经营餐饮店的志愿者，帮助李桂琴就业。

"刚开始不熟练，一个月只有 2000 元的工资。由于我学得快，没几个月工资就涨到了近 4000 元。现在家里的生活好多了，这多亏了李书记的帮忙。"李桂琴感激地说。

在明珠社区走访，随便碰到一个人，都能说出几个关于李红梅的暖心故事：帮谁家找回了走失的孩子，为谁家的姑娘介绍了工作，给谁家的老人送去了慰问金，为谁家的大学生申请了临时救助和助学贷款……面对群众说的这些暖心事，李红梅只有一句话："通过自己的努力把点滴小事做好，给身边需要帮助的人带来温暖，我的心也是暖暖的。"

愿为"傻大姐"

2019 年，在重庆培训期间，李红梅看中了一条真丝裙，想着婆婆一辈子没穿过裙子，就买回来送给老人。遗憾的是，裙子买回来不到半个月，婆婆就去世了。"平时工作太忙了，根本没有时间逛商场。如果早一点看到这样的裙子，早一点买给老人穿，就不会这么愧疚了。"李红梅满眼含泪地说。这件事成了她心中抹不去的痛，每次提起她都愧疚不已。

"已经一周没顾得上回家了，刚刚女儿来给我送饭，回家的时候是哭着离开的。"2020 年 2 月 5 日晚上，站在社区走廊的窗户前，看着女儿离开的背影，李红梅泪流满面。

"王霁雪的妈妈高位截瘫，家里生活很困难，我得想办法给她们筹集爱心款。"

"夏梦阳父亲被判刑，母亲出走，我得过去了解下情况。"

"我要给李玉佳打个电话，问问他最近在学校的情况。这个孩子家里情况比较复杂，可不能因此耽误了学习。"

"这几天要抽空去卜雅梅家看看她的弟弟妹妹，小孩子自制力差，要时不时地给鼓鼓劲。"

工作多年，李红梅把自己大部分的爱都献给了那些困难群众，却在与亲人的相处中留下了很多遗憾。

李红梅的女儿自幼体弱多病，从上小学起，就得了过敏性紫癜，病情反反复复，8岁时又失去了父亲，李红梅独自扛起抚养女儿的重任。一年四季，她一边为社区工作四处奔忙，一边起早贪黑接送孩子上学，还要挤出时间为孩子寻医问药。

那些年，为了给女儿看病，李红梅带着女儿一趟趟去北京。为了省钱，在火车上一熬就是十几个小时。即便如此，李红梅仍然是居民口中助人为乐的"活雷锋"、爱说爱笑的暖心书记，无论是身边的朋友还是同事，很少有人在她的脸上看到忧伤。

李红梅是社区的领头雁，是志愿者的榜样。她先后荣获了"全国民族团结进步模范个人""全国三八红旗手""全国最美志愿者""优秀志愿者""优秀妇女工作者"等称号，还受邀参加了国庆 70 周年庆典观礼。李红梅说："党和政府给了我这么多荣誉，再苦再难我都要坚持。只要我的服务能让群众满意，我愿意永远做为群众服务的'傻大姐'。"

羊场湾里的"石榴情"

一

在国家能源集团宁夏煤业有限责任公司羊场湾煤矿，员工马国军家的饭馆是一个特殊的存在：许多员工下班后，总要去这里坐一坐，感受家的"味道"。

"兄弟，下班了，来来来，快坐下！"

"想吃点啥，让你嫂子给做。"

马国军一边招呼着刚升井的矿工兄弟，一边帮着妻子上茶做菜。由于马国军家离单位近，同事们会时不时去他家"蹭饭"。

　　"马哥，今天的茶比上次的更好喝了啊。"进来的几个矿工兄弟一边围在暖气旁，一边与马国军夫妇拉起家常。

　　马国军一家三代都在矿上工作，谈起民族团结，他深有感触："矿上跟别的地方不一样，在这里结下的情谊更深，不管什么民族，大家都是兄弟，都是家人。"

　　从采煤工到钳工，再到胶轮车司机，马国军在矿上一干就是 34 个年头。正是这些年在一线工作的经历，让他对矿工兄弟有着更特殊的感情。

　　"每次看到升井晚的工人没个地方去吃口热乎饭，我心里就不是滋味。"看着平时朝夕相处的兄弟们总因为吃饭犯难，马国军萌生了让妻子在煤矿周边开个饭馆的想法，不图赚钱，就为能让这帮兄弟们吃上家里的饭菜。

　　羊场湾煤矿地处毛乌素沙漠腹地，在这片热土上，各族员工以"敢教日月换新天"的豪情和钢铁般的意志，取得了让世人惊叹的成绩。更有像马国军这样的普通员工用真挚朴素的情感编织着民族团结的美丽花环,用辛勤的汗水浇灌出丰硕的果实。

二

每逢假日,羊场湾煤矿综采一队党支部书记杨帅就早早开始调配上班人员,让各族员工在保障安全生产的前提下,尽量过一个快乐祥和的节日。为确保安全生产,杨帅紧盯现场,严格把关,经常跟班 12 小时以上,苦、脏、累、险的活儿抢着干。在他的带领下,各族员工常常主动放弃过节休假,投入紧张的生产中。

团结的力量让综采一队交出了亮眼的"成绩单":公司计划 3 个班完成的工作量,往往能在 2 个班内就完成,确保了矿井各项紧急工作任务的顺利交接。

如何凝心聚力,团结所有人共同奋斗?杨帅有自己的工作方法:针对区队班组的特点,综采一队积极宣传贯彻党的民族政策，引导各族员工铸牢中华民族共同体意识。"在我们区队，各族员工相互尊重、包容，学习、帮助、共事共乐，像石榴籽一样紧紧抱在一起。"杨帅说。

为增进民族团结、增强凝聚力和战斗力，综采一队还推行了"三有三能"举措：有话能说，有事能办，有难能帮。全队采取结对成长措施，推行各民族"手拉手"共进步计划，构建"理论＋实践""课堂＋岗位""操作＋考核"的技能提升新模式，努力把各族员工培养成业务精通的行家里手。

从一名劳务派遣工成长为班组技术骨干，张灵军是民族团结班组的受益者和忠实拥护者。

"我是一名劳务派遣工，刚开始加入班组的时候，由于身无所长，内心有些自卑，想要有所作为也不敢说出口。"张灵军回忆，由于没有自信，他想在班组当一名电工的梦想迟迟未能实现。

了解到张灵军的想法后，杨帅二话没说，选配了技术过硬的师傅带他。

"大拿当教员、现场当课堂、案例当教材，这样难得的机会，让我深受鼓舞。"张灵军在班组的精心培养下，通过不懈努力圆了自己的电工梦，如今已经成长为班组技术骨干。

把员工当作家人，不遗余力认真培养；为有梦想的人提供舞台，全心全意帮其圆梦——一场同心筑梦的"接力赛"在综采一队开展起来。

"我们推行'手拉手'共进步计划，重视各族员工培养。"杨帅介绍，目前，区队共有90名技术骨干和70多名职工结对共进步，大家携手练技能、比业务，实现了共同提升业务素质的目标。近两年来，区队有70%的员工掌握两门以上技能，30%的员工掌握3门以上技能，实现了"一专多能复合型人才"的培养目标。

"我们积极投身'社会主义是干出来的'岗位建功行动，共同为'中华民族一家亲、同心共筑中国梦'作出我们煤矿工人应有的贡献。"杨帅说。

滴水穿石，非一日之功，春风化雨，当久久为功。

作为国家能源集团宁夏煤业有限责任公司的主力生产矿井，羊场湾煤矿建矿以来，累计生产原煤1.8亿吨，创造利润190亿元。

多年来，羊场湾煤矿认真落实党的民族政策，自觉将民族团结工作与日常工作相结合，开创了"民族团结促发展，创先争优树标杆"的新局面。

"我们把民族团结进步创建工作纳入矿井发展总体规划，与矿井安全生产、稳定发展结合起来，与解决各族员工的切身利益结合起来，与推动矿井高质量高效益发展结合起来。"羊场湾煤矿负责人介绍道。

三

回顾羊场湾煤矿建矿的历史，各族员工守望相助、手足相亲的故事处处可见。正是民族团结的优良传统，凝聚起了各族群众建设家园的合力，推动着煤矿的生产和发展。

从建矿、整合再到跨越式发展,羊场湾煤矿第一个成功攻克放顶煤难关,解决宁东煤田煤层防灭火和难冒落科技难题,为宁东煤矿发展建设积累宝贵经验;第一个建成西北千万吨生产区队,创造了宁夏煤炭开采日产、月产、年产最高纪录;第一个在西北实现井下无轨胶轮车运输,矿井机械化水平达到100%;第一个在世界煤炭开采工艺革新中实施缓倾斜工作面大采高开采工艺,并试采成功,极大地提高了工效、提高了原煤回采率……在羊场湾煤矿创造的佳绩背后,是各族员工共同团结奋斗的生动画面。

多年来,羊场湾煤矿广泛采取座谈会、宣讲报告会、文体活动、"道德讲堂""全员大合唱"等员工喜闻乐见、形象生动的教育方式,大力弘扬社会主义核心价值观和各民族共同团结奋斗的主旋律,筑牢各族员工促进民族团结、实现共同进步的思想根基。

每年"民族团结进步月",煤矿广泛开展"邻里互帮互助""我为各族员工兄弟办实事"等活动,营造团结稳定环境，充分调动各族员工干事创业的积极性、主动性和创造性，使平等团结互助和谐的社会主义民族关系不断得到巩固和发展。

机电二队运转班员工杨爱霞说："这里真的就像个大家庭，一家人团结互助的情谊比金子还珍贵。"

杨爱霞的话源于自己的真实经历。

几年前，杨爱霞的孩子查出患了白血病，由于病情严重，必须紧急转至北京治疗。一时间，昂贵的医药费让杨爱霞一家雪上加霜。

机电二队了解到情况后，发起了倡议捐款活动。

捐款当天，百余名员工排起了长队，一张张百元钞票依次塞进捐款箱的同时，也填满了杨爱霞空落落的心，让她对未来有了信心。

"得知公司发出捐款倡议书后，我们一家人流泪了，这份雪中送炭的情谊无比感人，大家都是我们的亲人。"回忆起当初的情景，杨爱霞不禁湿了眼眶。

这次捐款从区队延伸到整个煤矿，来自大家庭的鼓励和关怀让遭遇人生危机的杨爱霞和孩子拥有了与命运抗争的勇气。

如果说兄弟情谊让羊场湾煤矿充满了团结的力量，那么重视培养和使用各族干部和人才，则让这种力量饱满而有生机。

综采三队队长李伏海是一名党员，这个从支架工逐步成长为懂技术、善管理的综采队队长，带领队友们攀登上了一个又一个高峰，创造了宁夏煤炭开采史上多个第一。

"煤矿对各族员工的重视和培养让我深有感触。我从一名一线工人一路成长为技术骨干，再到走上管理岗位，离不开煤矿的培养和大家的支持。我能做的就是把队伍带好，踏踏实实把工作干好。"李伏海由衷说道。

2020年4月，"150201"综放工作面初采初放期间，综采三队遇到了建队以来的首个困难，随着支架的前移，支架上方顶板支撑力接近极限，随时有可能破碎脱落，若得不到及时有效的控制，后果不堪设想。

支架每推进半米，李伏海就要钻到支架下面观察顶板下沉情况，并亲自架设点柱和木垛进行维护，既当"指挥官"又当"作战员"。时间紧、任务重，他带领员工在井下苦苦奋战了8天，提前完成了工作面初采初放任务，工作面投入运行当月生产原煤41万吨，创造了羊场湾煤矿综放工作面安装时间最短、投入最少、效率最高的3项纪录。

在羊场湾煤矿，李伏海不是个例。近年来，共有57名优秀员工因表现突出，被羊场湾煤矿推荐提拔为管理人员。全矿员工中766人取得了技能等级证书，多数人已成为独当一面、攻坚克难的生产技术骨干。矿里先后涌现出了全区民族团结进步模范个人李伏海、杨帅，"宁夏好人"马安有，"全国无偿捐献造血干细胞奖"获得者程玉均，宁夏煤业有限责任公司道德模范马孝宗、马海军等一大批先进模范人物，成为广大员工学习的楷模。

井下的安全生产，得益于井上的稳定团结。

一直以来，羊场湾煤矿时刻关注"两堂一舍"及食品监管工作，严格执行法定节日休假规定，走访慰问困难员工家庭，开展助学活动、"暖心行动"……解决员工的困难事，始终把大家团结在一起，将大家庭的温暖传递到每个人的心中，是羊场湾煤矿的初心和坚守。

东方红人情暖

　　滨河镇东方红社区位于中卫市沙坡头区，有居民小区 13 个，常住居民 2825 户 6319 人，是多民族互嵌式社区。

　　近年来，东方红社区以铸牢中华民族共同体意识为主线，紧紧围绕"共同团结奋斗、共同繁荣发展"，坚持和践行全心全意为人民服务的宗旨，深入开展民族团结进步创建工作，并创新性地提出了五个"手拉手"（即各族群众手拉手，邻里守望一家亲；党员与群众手拉手，互帮互助共圆梦；党员与支部手拉手，民族团结展先锋；支部与支部手拉手，结对共建心连心；社区党支部与镇党委手拉手，民族团结与发展齐步走）创建主题，辖区各民族居民团结一心，使民族团结之花竞相开放，东方红社区被命名为全区民族团结进步示范社区。

百家宴

"民以食为天"，吃饭是人与人之间情感交流的重要方式，在饭桌上，人们更容易拉近距离、敞开心扉。自 2017 年 9 月开始，东方红社区每年都要举办一次百家宴活动。

每次开席前，社区前的小广场上就人来人往，有搬桌椅的、有擦桌子的、有摆碗筷的……大家齐心协力，一会儿工夫，十张干净的桌子就被摆放好，餐盘和筷子也整齐有序地摆放在桌子上。

从四周赶来的居民，脸上洋溢着喜悦，带着自家精心准备的拿手菜。他们分类将菜倒入摆好的餐盘中，一盘盘菜、一碗碗汤，味美色香，让在场的居民一下子食欲大开。大家围坐在一起，有说有笑，充满了浓浓的幸福味。这种零距离接触，冲破了钢筋水泥墙的阻隔，拉近了彼此间的关系，促进了邻里间的沟通和交流。

百家宴上，社区有时还会搞一些节目给大家助兴，比如猜灯谜、讲故事等。出题的人手里端着一个红色的圆盘，里面堆满折叠好的小纸片，笑眯眯地给大家出谜语。"两个兄弟一般长，每天总是三出操，既粘菜来又粘肉，人人每天都需要。"这样的谜底本来就很简单，大家都能猜得出，但还是有人会故意说："是碗吗？"引得大家哈哈大笑。这时有人会提醒："人家可是两兄弟一起，而且一样长，您再想想。"那人就笑着说："当然是筷子了。我是故意这么说的，逗大家高兴高兴，这样才更热闹嘛。"就这样，大家边吃边猜，将欢快的气氛推向高潮。有时中间还会穿插讲故事的环节，听着动人的故事，品尝着美味的菜肴，居民们迟迟不愿离席。

每次百家宴活动，大家都很尽兴，尤其是那些孤寡老人，愿意时常参加这类活动。他们认识的朋友少，几乎整天待在家里，参加这种活动，他们就有机会出门，和新认识的朋友聊天。一些居民说："虽说远亲不如近邻，可现在大家都住在楼上，回家后关起门来就很少出门走动了，在一个小区住几年，许多人都互相不认识。百家宴不仅让我们分享了各家的美食，而且拉近了彼此的距离，使投缘的人慢慢成了朋友。"

五色面

2020年9月，国庆节前夕，东方红社区联合辖区内党员群众，利用一下午的时间，在社区前的小广场上举行了吃五色面的活动。五色面即五种颜色的长面，分别代表长寿、团结、祝福、安康、爱心。

一大早，社区负责人郭佳就与党员王玲、马忠俭、向跃平及部分居民一起，到市场去买牛肉、土豆、辣椒等炒臊子的材料，请餐厅的厨师为大家炒臊子，又买了许多五色长面带到社区。下午三点左右，社区居民来到小广场，自发地帮忙摆好桌椅，与社区工作人员一起煮起了长面。

紫水晶志愿服务队的蒋婷，30岁，麻利、热心，经常帮助社区内的孤寡老人。她有空就和社区工作人员一起到老人家中，帮他们做家务、陪他们聊天。逢年过节，考虑到有些老人的孩子不在身边，还会带上礼物去看望慰问老人，让老人感受到来自社区的关爱。

煮面前蒋婷利索地盘起头发，挽起袖子，很是干练地拿起一双长筷站在炉子边上。每次将五色面下入锅里，她就不时用筷子搅动，生怕面粘在一起，老人吃了不好消化。面煮熟后，她与同队的张淑香一起，把面捞在碗里，然后递给王红英和刘彩霞，她们负责盛上特意炒制的臊子，其他居民就很热心地把一碗碗煮好的五色面端上桌子。看着色香味美的五色面，大家都谦让着请年纪大、行动不便的老人先吃，让他们切实感受到被人尊重的温暖。看着志愿者与居民忙碌的身影，吃着热腾腾的长面，老人们脸上露出幸福的笑容。87岁的李洪恩说："还是党的政策好啊，要不是有这些热心的志愿者和社区工作人员，我们这些老年人哪有机会坐在一起，吃上这么香、这么有意义的爱心面……"周围吃面的老人都不住地点头。马忠俭笑着走到李洪恩老人面前，俯下身说："大爷，现在政策这么好，您要保重身体，以后这样的活动多着呢，您要多来参与。"李洪恩边吃边说："好，一定来。这面吃起来口感好、嚼劲足，吃了还想再来一碗。"

就这样，在欢笑声、感叹声、赞美声中，居民们一边吃面一边聊天。此时此刻，他们像亲戚朋友一样，倾吐着平时不愿讲也没人听的心里话。

生活如此美好，人与人之间的关系如此亲近，似乎再也没有什么能阻挡彼此的交往。

送元宵

2021 年 2 月，元宵节这天，东方红社区的工作人员组织辖区内 20 多名党员及部分志愿者，自发买来2000 多个元宵，将元宵煮好后分别装入餐盒，送给辖区内的孤寡老人、低保户和残疾老人。送了一半之后，社区负责人郭佳发现，一向积极参与社区活动的赵淑红这次却未到场，她赶紧打电话，一问才知道，赵淑红最近刚刚做完手术，不便出门。于是，郭佳就让社区工作人员小曾准备了一份元宵趁热给她送过去。看到小曾时，赵淑红既难过又感动。难过的是，自己的病情至今未见好转；感动的是，社区的姐妹们都还惦记着自己。

东方红社区除了举办送元宵活动外，每年还会举办各类文体活动，如文艺会演、党员文化活动月、邻里节、老年人趣味运动会等，充分展现出中华民族一家亲的和谐景象。社区负责人郭佳说："社区举办各种公益活动，有助于居民进一步了解传统文化和志愿服务精神，增进邻里感情，对促进民族团结有积极作用。"

一家亲

孙巧荣是一位党员，同时也是金阳光文明践行志愿队的一名志愿者，她今年60岁，是个热心肠，脸上永远挂着和蔼的笑容。多年前在大河厂当会计的她，因工厂效益不好提前下岗，现在在家带孙女，并照顾患有精神病的弟弟。6年前，孙巧荣因心脏病住院，从死亡边缘走了一遭后，她更加珍惜生活，就想为社区多做点力所能及的工作。

东方红小区是老旧小区，基础设施较差，部分路段不平，缺少路灯、楼道灯。孙巧荣便向社区反映情况，社区工作人员及时与中卫市供电局、沙坡头区住建局等单位沟通，经多方协调，小区内道路终于得到硬化，也安装了路灯，方便了居民出行，营造了良好的生活环境。

小区有不少空巢老人，他们生活上困难较多，孙巧荣就协助社区工作人员，积极为他们排忧解难。丁鸣凤的公公去世，她得到消息后扔下自家的活计，风风火火就到对方家里去帮忙。石秀芳老人83岁，和孙巧荣住在同一个小区，老人耳朵不好，患过心梗，在银川做完手术回到家中无人照顾，加之疫情原因，亲戚朋友不能像以往那样走动，孙巧荣知道后，与丁鸣凤一起送吃的、帮着打扫卫生，使石秀芳老人感受到了家的温暖。

李淑芬老人患过脑出血，生活不便，但儿女都在外地打工，无人照料。李玉芹、赵月珍等几个社区志愿者就一起到老人家帮忙打扫卫生，用轮椅推老人到院里晒太阳，陪她聊天解闷。发现老人的头发长了，她们自费购买理发工具，上门为老人理发。每次理完发，李淑芬都微笑着用不太灵活的右手向志愿者竖起大拇指。几个志愿者都说，看到这些行动不便的老人，她们就会想起自己的父母，所以每次照顾这些老人，其实就等同于孝顺自己的父母。

吴莲花是回族，一只耳朵听不见，并患有高血压，和丈夫一直在禹都花园看车棚。车棚被拆除后，夫妻二人仅靠打零工维持生活。2017 年，夫妻俩的户口转到东方红社区，社区工作者了解情况后，帮助吴莲花申请了低保，减轻了她家的生活负担。社区还为单亲母亲蒋卫凤、身患糖尿病的黄雪琴申请了低保，为患有精神病的祝永涛、李建民和李忠宁等人办理了残疾证，帮助弱势群体解决了基本生活保障问题。

社区工作者还与金阳光文明践行志愿服务队、芳草青环保志愿服务队的成员一起，积极发动辖区群众配合社区、创城单位，将小区楼前楼后的生活垃圾清理干净，将小区围墙乱贴的小广告清除掉。工作人员还与红坐标宣讲志愿队的志愿者一起，挨家挨户到辖区内居民家中和店面内宣传讲解，帮助工作人员顺利完成下水管道的维修改造。老小区改造时，需要拆除辖区内居民的小煤房，社区工作人员又挨个劝说不愿意签字的居民签了拆除协议，使小区改造工程顺利实施。

这一件件看似平凡简单的"小事"，展现了社区工作者与居民之间和睦相处的情景，也体现了各族群众的团结。有人热心招呼，有人积极响应，就会使生活在一起的人相互了解、相互尊重、相互包容、相互欣赏、相互学习、相互帮助。

办年检

春节过后，气温日渐回升，大河厂家属楼小区内晒太阳、散步聊天的居民逐渐多了起来。一位老大爷对志愿者李玉芹说："又要年检了，我不会使用手机，你能帮我填一下年检资料吗？"李玉芹接过大爷的手机，边问边填，很快帮大爷完成了年检。听着大爷连声夸赞，李玉芹就想：这位老人的问题是解决了，但还有更多不会使用手机的老人，他们面临这样的问题该怎么办？于是，她就去社区反映了这个问题，社区工作人员都很重视，他们商量一番后决定协调白衣天使义诊队的志愿者一起上门服务，既给老人做身体检查，又帮他们用手机完成年检。

过了两天，社区工作人员便与白衣天使义诊队的志愿者苗燕、杨刚明、孙凤荣、陈娇等人一起来到大河厂家属楼小区，在小区空地上支起几张桌椅，开始为小区内的居民义诊及办理年检。小区内的居民闻讯而来，平时冷清的小区一下热闹起来，院子里充满了欢声笑语。

陆大爷75岁，刚走过来坐在椅子上，杨刚明便为他卷起袖子量了血压，测了血糖，又问他年检办没办。得知没有办理，杨刚明就用大爷的手机帮他办年检。见此情景，好几个不会使用手机的老年人都围拢过来，请杨刚明帮着办年检。太阳光温暖地洒下来，大家就像一家人一样。

夕阳西下，义诊活动及办理年检终于结束了，看着志愿者收拾桌椅的身影，大爷高国强对佟连兴老人说："国家现在对咱们这些人真是太好了！干啥都想着咱们，还有这么多年轻娃娃帮着咱们，就凭这一点，咱们也要好好活着！"佟连兴老人拍着高国强老人的肩膀说："对着呢！对着呢！"

解难题

2020年6月，东方红社区率先成立热心书记工作室，将退休优秀书记、驻辖区单位书记吸纳到工作室中，既起"传帮带"作用，又通过书记联席会议协调解决问题，取得了很好的社会效果。

热心书记工作室牵头整合东方红社区各类党建与服务管理资源，集学习培养、社区党建、基层治理、民族团结等功能于一体，形成了共治共享的良好氛围。

社区党支部书记王月芳说："社区工作多元复杂，尤其是民族团结方面的工作，一点也不敢掉以轻心。"为了及时倾听群众呼声，热心书记工作室还建立了"轮流坐诊"制度，定期接待来访居民、收集群众诉求。同时，社区还鼓励居民代表、业主委员会、物业服务企业等共商社区事务，让社区居民遇事能找到党员、有事能找到组织，引导发动社区群众参与社区治理。

有了热心书记工作室，居民有啥问题都能及时反映，书记也能和工作人员积极将精细化的志愿服务送到群众的心坎上。

为了吸引更多的社区居民参与志愿服务，社区还探索实行"以服务换积分、以积分兑奖品"的奖励制度，激发更多群众参与志愿服务的热情。热心书记工作室里有一本"民生账本"，里面详细记录着水暖分户改造、下水管道疏通更换、小区道路硬化、车辆占道整治等社区的痛点、难点，每解决一件就画上一笔，日积月累，"账本"上的烦心事越来越少，好评和点赞声越来越多。

社区党支部还积极配合搭建"四化一满意"平台，代办计生、养老、临时救助等各类民生服务事项，真正实现由"群众跑腿"到"数据跑腿"，建成"人到格中去，事在格中办"的一体化服务网。先后开展"邻里帮""夕阳红"等特色服务，排查化解邻里纠纷，提供就业信息，有效提高了党员服务群众的精准化水平。每个党员结对帮扶两到三户普通群众，重点与困难家庭、"四老"（老模范、老干部、老党员、老军人）人员、流动人口等结对子，找准感情的共鸣点和群众利益的结合点，摸清群众的所思所想，在就业、医疗、子女教育、生活保障等方面提供帮助，真正做到为群众解难题、办实事。

加强党支部干部、党员和志愿服务者三支队伍建设，设立"公益能量站"，把有专业特长的102名能人纳入"东方红能量站"，组建治安巡逻、文明交通、惠民演出等6支志愿服务队，先后开展"关爱母亲""端午一家亲"等志愿服务活动，还组织辖区党员开展"爱心敲门""点亮微心愿"等活动，为辖区老党员过政治生日，引导老党员为社区建设发挥余热，使党支部的凝聚力越来越强、服务质量越来越高。

社区是个小社会，也是个大家庭。有了家庭的和睦相处，社会才能安定团结；有了社会的安定团结，国家才能繁荣昌盛。东方红社区党支部时刻为团结和谐而奋斗，也在为祖国的繁荣昌盛付出自己的努力。

民族团结之花别样红

平罗县高庄乡位于宁夏石嘴山市，这里物产丰富，气候宜人，辖13个行政村、112个村民小组，总人口2.47万人。生活在这片土地上的各族人民手足相亲，守望相助，像石榴籽一样紧紧抱在一起，合力搞建设，一心谋发展。一篇篇团结奋进、共兴共荣的民族团结华章在这里悄然谱就；一个个民族团结故事，见证着各族干部群众血浓于水的深情厚谊。高庄乡先后获得全国文明村镇、全国民族团结进步示范乡镇等荣誉称号。

党员示范，营造民族团结良好氛围

走进高庄乡，不管是乡村主干道还是文化广场，随处可见内容丰富的民族团结手绘墙画、横幅标语等。

高庄乡非常重视民族团结进步创建工作，将其列入党委会议事日程，纳入各村年度效能目标考核，确保创建工作有安排、有成效、有总结，有工作人员和经费保障。乡党委深入宣传党的民族政策，引导党员干部群众树立正确的国家观、历史观、民族观、文化观、宗教观，不断铸牢中华民族共同体意识。

在民族团结进步创建工作中，许多党员都发挥了先锋模范作用，党员王秀梅和村民王秀花就是一对模范好姐妹。

"姐，最近我家玉米有红蜘蛛了，你来帮我看看。"远景村三队的王秀花因自家玉米近期生红蜘蛛，便赶紧打电话给离家不远处的"姐姐"。不到10分钟，"姐姐"就赶到王秀花家的地里，帮她查看玉米的长势，指导她如何应对红蜘蛛虫害。2014年，王秀花一家从固原市西吉县移民到高庄乡远景村。初来乍到，对周围的人和环境都很陌生，当地精耕细作的种地方式让王秀花犯起了难。"幸亏有我姐的帮助和指导，每年的玉米从种到收，每一道工序都少不了她的帮忙。如今我们已经彻底融入这里了，也是地地道道的高庄人了。"王秀花口中的"姐姐"，正是远景村村民王秀梅。

王秀梅家有50多亩地，种着水稻、玉米、葵花、大豆、小麦等多种农作物，她在村里算得上是种植能手。听说村里搬来了移民，王秀梅打算第一时间去离家最近的移民家串门。"第一次见这妹子就觉得很亲切，再一聊，连名字都差不多，我非常高兴，后来就干脆把她当亲妹子看待。"王秀梅高兴地说，多了个妹妹在身边，不管谁家有事都能有个照应。

2018年4月底，正值玉米出苗期，突然一场大雨使土壤结块形成"硬盖"，如果不及时处理就会影响玉米的出苗率。王秀花和丈夫正在外地打工，他们听说情况后非常着急。"没事，你们安心工作，地里的活儿我帮你们干。"王秀梅和丈夫拉着石磙到王秀花家的地里，用了整整一天时间磙完5亩地，使王秀花家地里的玉米后期正常出苗，秋天也获得了丰收。"各族群众一家亲，我身为一名党员，应该在做好民族团结工作上发挥模范带头作用。"王秀梅说。

振兴路上，盛开民族团结之花

高庄乡通过抓经济建设夯实民族团结进步物质基础。近年来，全乡建设各类种植园区12个，引进农业项目4个，积极争取"一事一议"、美丽村庄等项目8个，硬化村庄巷道5900米，全面改善各族群众的生产生活条件，厚植各民族共同发展基础。鼓起来的"钱袋子"让各族群众有了更多的幸福感、获得感。

阳春四月，金色的阳光暖暖地洒在大地上，高庄乡银光村 10 队村民马占荣 5 亩麦地已经发了芽。"去年这个时候在家里干着急，幸亏有大家帮忙，一点儿没耽误收成。"55 岁的马占荣笑着说。2020 年 3 月，受新冠肺炎疫情影响，马占荣的女儿马梅从武汉回乡，高庄乡立即让马占荣一家进行半个月的居家隔离。当时正值春耕的关键时期，错过就要影响一年的收成。正当他心急如焚之时，同村的马忠福得知马占荣的情况后，把拖拉机径直开进马占荣家的地里，将 5 亩地耙耱平整。

宁夏马氏兄弟食用油有限公司负责人马建红是东风村 2 队村民。近年来，他作为致富带头人，积极参与乡里组织的帮扶活动。2016 年，苏志刚一家从宁夏西吉县搬迁到东风村。起初，苏志刚一家对当地生活习惯、风土人情不适应。为此，村委会找到马建红帮忙解决苏志刚的生活及就业问题，马建红不仅爽快地答应，而且提前支付一个月的工资以解其燃眉之急。之后，苏志刚便来到马建红的油厂成了一名上料工。

"这个活儿不累，逢年过节厂子还为我们一家送来米面油等，我一定好好干！"苏志刚感激地说。

村民杨彦俊养殖技术高超却不保守，经常热情地向前来请教的村民传授养殖知识，他带动周围7户邻居共同发展养殖业，2016年，仅养殖业一项户均年增收2.3万元。"搬到这里我们就是一家人，大家一起富才是硬道理。"

各族群众互帮互助，共同收获民族团结的果实。

搭建平台，画好"同心圆"

高庄乡充分利用各村阵地资源，建立文化活动室、农家书屋，为辖区各族群众搭建学习、交流、活动的平台。引导各族群众参与广场舞、大秧歌等健身娱乐活动，在丰富群众文化生活的同时，促进各族群众交流，增进各族群众之间的友谊。

"高庄乡以提供公共文化服务为重点，组织开展了丰富多彩的文体活动。在传统节日，各族群众手拉手围着火堆又唱又跳，活动现场气氛十分活跃。"高庄乡党委书记杨占斌说。

高庄乡还定期邀请消防救援人员、公安民警深入村队开展消防安全演练、矛盾纠纷排查化解等活动。组织各族干部群众参观爱国主义、廉政文化教育基地，厚植爱国主义情怀。各类活动的开展，使各民族共同团结奋斗、共同繁荣发展的氛围更加浓厚。

近年来，高庄乡通过抓典型选树，培育先进模范。同进村村委会旁是卫生室，这里虽然面积不大，看病的群众却不少。村医闫文贵很有耐心，认真询问每个病人的病情，有时病人听不明白，他就不厌其烦地反复讲解，直到病人完全了解。马海录和王学龙两位老人是闫文贵接待的"常客"，由于老人的子女不在身边，闫文贵会定期提醒老人检查身体，免费帮老人测血压、测血糖。2014 年闫文贵退休后，卫校毕业的女儿闫晓玲接替父亲，为乡村医疗卫生事业继续作贡献。

正是因为有许许多多像王秀梅、马忠福、马建红、杨彦俊、闫文贵这样的人同心同德、团结奋斗，高庄乡才呈现出今天团结、奋进、和谐、活跃的大好局面。

黄渠桥的新故事

水润万物也润人心

黄渠桥镇侯家梁村曾经有 1000 亩耕地因为淌水难，农作物产量很低，百姓怨声载道。时任黄渠桥镇党委书记的任生虎看在眼里，急在心里。为解决群众淌水难的问题，他一趟趟跑县政府跑水务局争取资金。在他的不懈努力下，侯家梁村、渠中村、万家营村建起了30多座泵站，解决了淌水难的问题。泵站建好后，汩汩渠水浇灌了庄稼地，也浸润了群众的心。

在黄渠桥镇，同样面临淌水难的，还有通润村。

曾经，每年到了淌水期，通润村村委会主任邵全国都要提前买上一盒润喉糖。

"那几年都是渠上头的村民有水，渠下头的村民只能眼巴巴地等水，每次都得扯着嗓子跟村民们解释。"邵全国说，多年来淌水难一直困扰着通润村的群众。

2018年，镇党委书记任生虎申请了"一事一议"项目，对渠道进行砌护改造，困扰通润村多年的淌水难问题终于得到了解决。

"精神头好了，干劲儿就足！这几年水淌得美气，钱挣得美气，舞要跳得更美气！"郭红娟是通润村社火队的成员，每年冬灌结束，她都和村里的近百名村民聚集在文化大舞台排练社火和秧歌，为春节期间的社火表演做准备。她说："以前庄稼淌不上水，心里很着急也很窝火。渠道重新改造后，淌水容易了，收成增加了，一家老小都高兴。"

在黄渠桥镇，与水有关的话题，都透着温情与感动。

几年前，一次淌水过程中，在上游的村民李生民忘了关闸门，不慎将四渠村村民马金山家的油葵地淹了。当李生民拿着钱到马金山家给他赔偿损失时，却被马金山拒绝了。"这些年咱们处得都跟亲戚一样熟，这些钱就算了。"马金山说。

官尽官职，民做民事。水润万物，也润人心。

舞出红火舞出幸福

"锣鼓声声腾飞日，镇和人兴歌盛世。看，黄渠桥镇安塞腰鼓队舞姿似蛟龙浮云；听，威风锣鼓队呐喊声已响彻云霄，他们正带着黄渠桥镇 24000 名群众的热情，潇洒欢腾，奔放起舞，庆祝黄渠桥人民在过去一年里取得的骄人成绩和丰收后的喜悦心情。"这是黄渠桥镇 2019 年的一段社火解说词。彼时，县城的文化广场上，黄渠桥镇社火队的队员们敲着欢庆的锣鼓，舞龙、耍狮或挥舞着手中的彩扇，扭动着欢乐的秧歌，鼓点声声，烘托着浓浓的年味。

"好多人说黄渠桥的秧歌扭得好，黄渠桥的社火很地道。其实这都是任生虎书记的功劳。是他帮咱们联系陕西的老师过来指导，才让咱们的草台班子越来越专业，越舞越红火。"提起黄渠桥镇威风锣鼓队、社火秧歌队，邵全国情不自禁地说。

2012年，任生虎到黄渠桥镇任党委副书记，主管文化工作。

为组建一支正规的社火队，他将各村自发组织的社火队重新整合。从策划、排练到比赛，演出的每一个环节他都精心把关，不放过任何一个细节。为了扩展和丰富民间艺术的表演形式，2013年春节前，镇党委、政府派人到西安买回两架长龙，增加了舞龙表演节目；2014年，任生虎从陕西请来老师，教队员们打安塞腰鼓；2015年，他又请来老师教队员们威风锣鼓。功夫不负有心人。在任生虎的大力支持下，黄渠桥镇威风锣鼓队、社火秧歌队连续5年被推选参加自治区和石嘴山市的社火展演。

如今，社火展演队伍已经发展到300多人，"社

火秧歌拜大年"已经成为全镇各族群众的一道年俗"大
餐"和各民族之间和谐交流的纽带。

从江苏嫁到宁夏的陈琴，几年前跟随丈夫张勇搬
迁到黄渠桥镇红光村6队。初来乍到，她很担心能否
融入当地。在村口商店买东西时，老板马丽热情地约
她一起在门前跳广场舞。就这么一来二去，陈琴认识
了很多村民，并且一起组成舞蹈队，还在民族团结一
家亲广场舞大赛中获得了第一名。

"大家处得就像一家人一样，这几年通过社火比
赛认识了很多其他村的村民。"陈琴说，"政府为我
们搭了台，我们就要舞起来。"

"以前农村生活单调，土地流转出去以后，很多
人没事干就聚在一起打麻将，乌烟瘴气不说，时不时
地还为输赢闹矛盾。"黄渠桥镇通润村10组村民杨
建斌谈起村里的变化很是激动。"自从村上组建了文
艺队，不忙的时候，大家都聚在一起开展文化活动，
这样不仅丰富了村民的生活，也拉近了大家的距离。"

一个舞台，一场社火，将百姓的心紧紧地凝聚在

了一起。如今，任生虎虽然已经离开了黄渠桥镇，但他亲手组建的威风锣鼓队、社火秧歌队的喜庆鼓点，年年都在古镇的大地上敲响，丰盈着百姓的日子，舞动着生活的希望。

传承文化培育新风

在人类文明发展的历史长河中，器物可以照搬、技术可以模仿、管理可以参照，唯有文化这一融入民族灵魂的精神血脉不仅要孕育，而且深刻影响着一个地方的未来。对此，任生虎有着清醒的认识。他认为，要想让全镇各族群众像石榴籽一样紧紧抱在一起，就要充分发挥黄渠桥镇的文化优势，把干部群众的思想统一起来。在他的积极倡导下，黄渠桥镇紧紧围绕"历史名镇、文化兴镇、饮食靓镇、旅游旺镇、特色立镇、产业强镇"的发展定位，积极打造西部历史文化名镇、革命传统教育基地、宁夏特色美食镇，促进全镇经济社会全面、协调、跨越式发展。

为了将打造西部历史文化名镇的目标落在实处，任生虎发动干部群众，深入挖掘黄渠桥镇的历史文化，编撰了《黄渠桥史话》等书，建成了占地 400 平方米的黄渠桥镇革命传统教育基地，将习近平新时代中国特色社会主义思想、党的民族政策等内容，图文并茂地呈现给广大群众。2015 年，黄渠桥镇文化站被原文化部评为"全国优秀文化站"，被中宣部评为"服务基层、服务群众"先进集体。

任生虎还积极推进移风易俗，树立文明乡风，在部分村探索推出村级民主治理"红七条""好十条""黑名单""良风美俗"等村规民约，在 14 个行政村实现红白理事会和村规民约监督队全覆盖，让各族群众将乡风文明当成自己的事情来做。通过开展"五好文明家庭""好婆婆""好媳妇"等身边好人评选活动，选树了一批文明家庭及先进典型。组建社会化宣讲队伍，让身边人讲身边事。设立"乡村好人榜""善行义举"等四德榜,以扎实的成效不断增强各族群众的获得感和幸福感。

提起任生虎书记关于推进移风易俗、树立文明乡风的实际做法,通润村党支部书记王尚忠感触颇深。他说,2013年以前,许多村民沿街建设的土房不舍得拆迁,曾是村里的老大难,给美丽乡村建设带来很大困难。近年来随着文化活动的深入开展,村民的思想观念逐渐转变,大家的凝聚力、向心力不断提升。最终,村民都同意拆迁,村容村貌得到极大改善。如今,通润村也是黄渠桥镇活跃乡村文化、推进乡风文明的一个缩影。

美丽乡村绽放异彩

近年来,在任生虎的带领下,黄渠桥镇抓住小城镇建设的契机,在109国道两侧竖立太阳能路灯,方便群众夜晚出行；进行全面厩改、厕改及厨改，进一步优化生活条件；道路两边及居民集中地区均设有垃圾池，绿化设施得到完善。各村聘请专职保洁人员，定期对生活垃圾进行清运，对路面进行清洁，对村庄、道路进行绿化、美化、净化，村容村貌焕然一新。

黄渠桥镇还不断加大小城镇建设力度，开展美丽村庄建设，硬化道路11千米，实施为民服务项目14个，投资近千万元对镇区的道路、广场、市场以及红色教育基地进行建设和修缮，切实改善了农村基础设施条件。

走进联丰村，只见田畴整齐、村居有序，硬化的道路连接着一座又一座的农家院，广场上是悠闲散步的老人和嬉笑玩闹的孩童……

"这几年来，村里的生活环境变化太大了。"联丰村村民杨学礼说，"过去村里脏乱差，污水靠蒸发，垃圾靠风刮，房子乱建，柴堆乱放，邻里三天一大吵两天一小吵。"如今，通过农村人居环境整治，黄渠桥镇的大小村落都悄然发生变化，一幅生态宜居的美丽乡村画卷正徐徐展开。

和谐沃土民族团结

黄渠桥镇是多民族共居乡镇，任生虎从担任镇党委副书记、镇长到党委书记，一路走来，始终非常重视民族工作。在全镇范围内开展民族团结进步示范乡镇、示范村创建活动。将各族群众反映强烈，影响社会稳定的矛盾纠纷建立台账，要求班子成员按照分管领域主动认领，依法依规积极稳妥化解。定期举办法律讲座，引导广大群众增强学法、懂法、守法、用法的自觉性。

每年的"民族团结进步月"期间，黄渠桥镇老百姓都会把热情投入文艺演出中。全镇15个村都会准备自己的拿手节目，在镇上的集市进行比赛，正好在1个月的时间完成初赛、决赛。赛程的最后一定会呈上一场民族团结文艺演出，并对民族团结进步模范个人和道德模范人物进行表彰。

和谐的沃土，使得民族团结之花在黄渠桥的大地上次第盛开，前有回族老人石建祥为汉族五保老人置办棺材，办理后事的义举；后有回族村民马金山与汉族邻居谢会兰互帮互助的美谈。任生虎本人也在2018年荣获全区民族团结进步模范个人称号。

特色产业惠泽百姓

提起任生虎，渠中村5队移民段瑞刚满怀感激。5年前，从西吉县搬迁过来的段瑞刚听取任生虎的建议发展养殖业，但资金紧缺，连买铡草机的钱都凑不齐，任生虎知道后将自己的800元现金送到老段家中。

"任书记总说，只要我肯干，他就肯帮，怕就怕我不想动。"段瑞刚说，如今，他家的养殖规模已经发展到 40 多只羊、3 头牛，这让他圆了致富梦。

发展火热的不仅仅是养殖业，制种产业在黄渠桥镇也发展得风生水起，并带动了一大批群众致富。泰金种业、绿春种业等 5 家种子企业落户黄渠桥镇，在黄渠桥镇五星、西润、惠北等村打造连片 500 亩以上蔬菜制种示范园区 10 个，300 亩以上辣椒、架豆制种园区 15 个，辐射带动全镇蔬菜制种面积每年在 2 万亩以上，实现产值超 3 亿元。2018 年，全镇人均可支配收入达 14837 元，较 2012 年的 8177 元增长 81.4%，真正让各族群众分享到了改革发展的成果。

"知屋漏者在宇下，知冷暖者在基层。"基层干部是群众致富路上的"铺路石"，既要默默无闻地承受压力，又要不屈不挠地不断前行。

2016 年春，前光村、侯家梁村的种植企业资金链断裂，有一万余亩土地流转费不能按时向农户支付。为了保护群众的利益不受损害，任生虎在镇上一住就是一个多月，每天和班子成员一起，多方筹措资金，及时支付农户流转费，并启动法律程序解除合同。同时组织群众对所有已种植的农作物进行昼夜看护，保全群众财产。2017 年初，他又千方百计引进新的承包商接手闲置耕地，有力维护了群众权益。

为促进产业发展，实现移民脱贫增收，黄渠桥镇还建成占地 180 亩的扶贫蔬菜种植实训园区。位于四渠村 4 队的春润种业蔬菜制种园区就肩负着定向扶贫的任务。园区内繁育的主要品种有架豆、豇豆、冬瓜、南瓜椒、西红柿等，其中展示品种有 60 多种。

"春润种业蔬菜制种园区有 21 户移民参与种植和入股，园区采用'企业＋村集体＋农户'的运作模式，通过项目扶持、政府补贴、技术指导、订单销售等措施，带动这些移民户脱贫致富。"黄渠桥镇农业服务中心工作人员介绍。

在四渠村 7 队村民李生明的蔬菜采摘园里，他正蹲在地上将覆盖在菜苗上的白色薄膜一点点掀开。

60 多岁的李生明是从西吉县搬迁到黄渠桥镇的移民，也是村上的建档立卡贫困户。为帮助贫困群众脱贫，黄渠桥镇依托特色美食街区需求，就近组织四渠村 17 户移民群众在采摘园里种植蔬菜，并请专家手把手为他们传授种植经验。

"村民们之所以干劲十足，离不开文化产业的发展。"四渠村党支部书记王长海说，这几年，镇上多次举办美食节、社火表演等文化活动，吸引越来越多的人前来，在经济被带旺的同时，当地百姓的腰包也跟着鼓了起来。

2019 年，任生虎离开了他工作了 6 年多的黄渠桥镇。到如今，提起任生虎，黄渠桥镇干部群众依然亲切地称他任书记，那些他走过的路，做过的事，留下的故事，如黄渠桥爆炒羊羔肉的金字招牌，在百姓口中散发着芳香。

我是幸运的也是幸福的

睁开眼，是医院白色的天花板，刺眼的灯光混杂着浓郁的药水味占据了我的感官。

我，古扎丽努尔，一名普通的宁夏师范学院教育科学学院学生，几年前不远千里来到这里求学。

拍了拍脑袋，发现我还记得这些，便放下了悬着的心。可是，月末了，生活费所剩无几，我该如何承担自己的医药费呢？我又开始发愁。

"咯吱——"，厚重的木门被推开，教育科学学院院长和辅导员一行人走了进来，我赶忙挣扎着坐起来，受宠若惊。"古扎丽努尔，感觉怎么样？好点了没？"辅导员坐在床边紧握着我的手问。"好多了，老师。谢谢你们送我到医院来，实在对不起啊，让你们操心了。""你这孩子,平时学习压力大,经常熬夜,也不注意个人营养,幸亏只是贫血,不是什么大病,不然你让老师和学校怎么向你父母交代啊。"我低下了头,脑海闪过那些一个月只吃白米饭、土豆丝的瞬间,想起了父母在一大片棉花地里起起伏伏的身影,想起了哥哥背井离乡打工的艰苦日子,他们辛辛苦苦赚钱支持我来到这座陌生的城市求学,我却如此不省心,闹出这么一回事。"还有,不用担心你的医药费,马院长了解到你家里比较困难,已经上报学校,通过学校临时特困补助,帮你解决了医药费。"辅导员像是看穿了我的心思似的,指着马振彪院长对我说。我感激地对马院长说:"谢谢院长,谢谢校领导和老师们的关心,我为我在这样一个有温度的学校而感到自豪,我一定会好好学习,不辜负老师们的期望。""先不要说这么多了,希望你能好好治疗,早日恢复健康!这是我代表学校给你的 2000 元慰问金,你先拿着,营养要跟上。我也有孩子,作为父亲,我懂什么是孝顺,出门在外,照顾好自己就是对你父母最大的孝顺。

你的医疗费学校已经垫付了，你就安心养病吧！在我们宁师，虽然大家来自不同的地区、是不同的民族，但师生们像一家人一样，团结友爱，有什么困难，大家都会像亲人一般互相帮助，所以，你有什么困难就尽管说，不要有什么顾虑。"一向坚强的我被院长的这一番话感动得泪流满面。

五味杂陈后的寂静中，我安心地盯着天花板，闻着不再那么刺鼻的药水味，想着马院长的话，思绪纷飞。那年离开家独自坐上火车时，我心事重重地望着窗外远去的父母，开始害怕未知的城市和大学，我一个土生土长的新疆女孩，该怎么去融入学校陌生的环境，该怎么去适应全新的大学生活？这让我感到惶恐不安。

走出火车站，看着熙熙攘攘的人群，我有点紧张，陌生的一切让我局促不安又莫名兴奋，慌乱中我锁定了一条显眼的横幅——"热烈欢迎宁师新同学"，我有了方向似的，径直走向了横幅下的一群同学。他们在详细了解了我的个人信息后，像哥哥姐姐一样向我介绍学校情况，并安排了两名同籍学姐全程照顾我。初来乍到，我的一切疑虑就这样轻易烟消云散了。来到学校后，看着学校优美的环境，我有些激动，立马和母亲视频通话报了平安，她好奇地问我为什么听不出半点不适应，我笑着告诉她这是因为有同籍学姐专门对接照顾我，从办理校园卡到整理宿舍内务，从找水房打水到使用 App 取快递，她们在忙碌的上课之余始终陪着我，随叫随到的待遇让我倍感亲切。

开学第一课，老师安排我与几位同学发言，我以为大家会对我慢慢吞吞、结结巴巴的发言有意见，还有可能嘲笑我，但没想到，这群和我同龄的孩子们竟报以热烈的掌声，让我的内心顿时充满了温暖。端午节时，学院还组织了团日活动，召集大家在一起包粽子，同学们其乐融融，那种氛围让身在异乡的我感受到了家的温暖。在新生入学教育讲话时，马振彪院长曾提到："我们教科学院的同学一定要强化民族团结意识，我们永远是一个大集体。"马院长说得没错啊，无论什么民族，都是中华民族大家庭中的一员，无论来自哪里，都是宁师大家庭中的一员，我们没有理由不珍惜。

国庆节放假的时候，同学们有的回家，有的旅游，宿舍就剩我一个人，空荡荡的，校园也冷冷清清，我的心情也随之变得低沉下来。假期第二天，我一个人在宿舍无聊地看着《红楼梦》，突然有人敲门，吓得我半天不敢动弹。"小古同学，是我，是我。"开门一看，原来是阿布学姐，就是开学时在车站接我的那个学姐。留校准备考研的她为什么会来找我呢？我正感到诧异的时候，她一把夺下我手里的书，说："快和我一起去参加留校新疆同学的联谊会吧，待在宿舍无聊死了。"来到操场，我被眼前精心布置的场景惊呆了，许多校友忙碌着，草坪上是各种零食和一个大大的蛋糕，原来学校为了照顾留校的新疆同学，策划了一场国庆联谊会。活动开始了，大家自我介绍，互相认识，有的人已经成了好朋友，我羡慕地看着他们，同时也感叹着学校又一次带给我的惊喜。"同学你好，我是来自教科学院大一的萨热，可以交个朋友吗？"

一位披着长发的新疆女生拍了拍我的肩膀。我们经过一个小时零零散散的聊天，逐渐熟络起来。接下来的几天，我们一起打羽毛球、滑滑板、看书、跑步、聊天，就在这几天的朝夕相处中，我们成了无话不说的好朋友。

大一的学习生活结束之际，我以专业第二的成绩拿到了梦寐以求的奖学金，终于能帮助父母减轻经济负担，让他们高兴高兴。看着成绩单，我感恩所有老师的悉心教导。大二返校时，看着车窗外父母骄傲又担忧的眼眸，我百感交集。如果说去年的我充满了对陌生的畏惧，那现在的我则是充满了对未来的期待和自信，因为我知道我所要去的地方可以给我安全感和归属感，那片黄土地上的人会给予我最大的帮助，我有好朋友，还有那些和蔼可亲的老师们，我又有什么理由去担忧去畏惧呢？

时光飞逝，我大三了。为了可以连续拿到奖学金，我经常以满格电的状态熬夜苦战，一天学习将近10个小时，突然有一天，我在一阵眩晕中倒在了老师同学的呼喊声中，这也是我为什么躺在这里回忆一切的缘由。睁开眼，灯光晃晃悠悠，药水味也浓郁，可是我的心里却充满安全感。

一周后，我出院了。满怀感激之情，我把自己躺在病床上构思了7天的感谢信——《我是幸运的也是幸福的》写了出来。"虽然我身处异地，但我一点也不寂寞、不孤单，新疆我有一个小家，宁夏师范学院又有我一个大家，我是幸运的，同时也是幸福的。"每一位远赴这里求学的同学一定可以感受到这种幸福感。在日常管理中，学校对学业有困难的学生，有"一对一""一对多"的帮扶计划，帮助他们达到课程考核要求。还记得有老乡初来这里交流不便，面对陌生的城市不知所措时，学校提供了心理健康指导，引导他们积极适应大学生活。对家庭贫困的同学，学校开通有绿色通道，实行精准资助，并且每学期会定期召开各族学生座谈会，了解问题并协调解决。每到节假日，许多同学和我一样无法回到家乡，学校会组织开展慰问、联谊、趣味运动会等活动，丰富业余生活，搭建友谊桥梁。和我一样在宁夏师范学院求学的少数民族同学有很多，各族同学像石榴籽一样紧紧抱在一起，守望相助。不管是哪个民族的学生，我们都是一家人，共居共学，共乐共享。

还是那趟来来去去的火车，我踏上了返乡的旅途，来到了自己就业的单位——新疆巴音郭楞蒙古自治州尉犁县第七小学。每一次踏上讲台我都无比安心，因为宁夏师范学院给我传授了丰富的理论知识和教学经验，我深信我可以做一名合格的人民教师，可以带给孩子们优质的教育，因为我对自己大学的专业学习充满自信。

有一次上公开课，我选择了《不懂就要问》这篇课文，孩子们正饱含激情地朗诵着课文。"孙中山笑了笑，说：'学问学问，不懂就要问。为了弄清楚道理，就是挨打也值得。'"我望了一眼坐在教室后排的同事和校领导，笑着让孩子们停了下来。"同学们，我想给大家分享一个故事。"我的记忆随之回到了那个夏天。"我上的大学在宁夏固原市，那是一个很远很小的山城，我第一次去也被那里的陌生吓到了，但我慢慢发现，那里的人民淳朴憨厚，非常容易相处，同学如此，老师也这般。记得我上大二的时候，有一位老先生在给我们上公共选修课《天文与人文》时，讲到了北斗七星，看着周围同学若有所思的表情，我却一脸迷惑。那位老先生看懂了我，走到我面前问我是不是听不懂，我尴尬地点点头。他看了下学生名单，知道我是新疆籍学生后，耐心地对我说了这句孙中山先生说过的话。因此，我对这篇课文有深刻的记忆。下课后我被老先生叫过去，他仔细地问我还有没有学习和生活上的困难，有的话，他可以提供力所能及的帮助。我在那一刻懂得了老师的伟大，也愈发感受到了宁夏这片黄土地所蕴藏的人性温暖。今天，我把这段经历分享给大家，是想告诉大家，生活在处处充满温暖的祖国大地上，我们倍感自豪和幸福。你们是祖国的花朵，是未来的接班人，希望你们能继续发扬手足相亲、守望相助的优良传统，努力学习科学文化知识，一起建设我们的美好家园。大家说好不好？"孩子们坚定地点点头，老师们在后面赞同地鼓着掌。我看着这一切，教师的神圣感和使命感再次涌上心头。

下课回到办公室，老师们围着我热烈地交流着，想让我再讲讲宁夏那片陌生的土地，讲讲宁师那所温暖的大学。我若有所思地说："我的大学生活并没有多精彩，只不过是遇到了一群精彩的人罢了。我还在课堂上晕倒过呢，那次我以为我的大学生涯就要结束了，我后悔自己作息不规律，最后是在学校老师和同学们的帮助下才顺利回到课堂。我今天能够坐在这里和大家共事，这份底气一半源自我自己的努力和家人的无私付出，一半来自那片温暖的土地。如果有时间，真想带着大家去宁夏看一看。"此时，我看着窗外的白杨树，想起了他们……

隔壁班级的孩子们正背诵着"学问学问，不懂就要问。为了弄清楚道理，就是挨打也值得……"看着微信里突然弹出来大学校友的消息："古老师，快看，马振彪院长被评为全区民族团结进步模范个人啦！真开心。"是啊，真开心，那些精彩的日子里，是马院长，是老先生，是辅导员们，是热心的学长学姐们，让我们这些远在异乡的新疆学生们不再孤独。看着他拿到实至名归的荣誉，我们又怎能不开心呢？窗外的白杨树依旧挺拔，我们这些新疆籍的学生走向宁师再走出宁师，像一颗颗饱满成熟的种子被撒向四方，最终长成了挺拔的"白杨树"，各自扎根在祖国需要的地方，这不正是教育的目的吗？先让个人认识自己，再去帮助别人认识自己、认识世界，这一切都是宁师教会我的。

我打开微信，给校友回复道："我们都是幸运的，也是幸福的，不是吗？"

以心换心以爱博爱

社区是城市的细胞，有这样一位社区党支部书记，她跑东家进西家，解决居住环境问题，关照空巢老人、残疾人生活问题；脚不停嘴不停，进千家入万户，讲法规宣政策，辛苦劳累，无怨无悔。她就是永昌社区党支部书记——马学梅。

为居民排忧解难的热心人

1966 年出生的马学梅，中共党员，高中文化程度，2004 年被推选到吴忠市利通区胜利镇秦渠社区工作。2010 年，马学梅又被调到永昌社区工作，2011 年至今担任永昌社区党支部书记、居委会主任。社区是我家，建设靠大家。她时常说："我是社区一分子，我是广大党员中的一员，以社区为家，尽心尽力为居民服务，我义不容辞。"她是这么说的，也是这样做的。结合党员分布情况和党员特点，马学梅将社区19个居民小区划分为7个网格，由网格小组成员入户走访征求各族群众意见建议，将矛盾纠纷及时交由网格内的"1+X"服务党小组协调解决，形成"小事不出网格、大事不出社区"的服务格局，实现了活动在网格中开展、矛盾在网格中化解、难事在网格中解决的目标。

进百家门，知百家事，解百家难，出现邻里纠纷、思想矛盾等难解问题时，大家总是第一个想到马学梅，她从不推脱，总是想办法解决，并不厌其烦地多次上门调和，直到矛盾化解、问题解决。2012年，马学梅看到永昌花园小区的垃圾到处乱堆，特别是绿地野草长了半人高，小区物业公司以各种理由推卸责任，她与班子成员协商后，利用下班时间走楼入户推选出了7名业主委员，解聘原物业公司，引进了新的物业公司，解决了该小区脏、乱、差的问题。她积极联系上级部门，将存在严重安全隐患的小区主干道两根水泥电线杆迁移，同时，又为该小区的居民解决供暖及天然气等民生问题，给小区540户居民营造了一个安逸舒适的环境。

永昌社区地税局小区建于1997年，曾一度存在"无人管、无钱管、无监管"的情况，小区环境混乱。面对这样一个"三无"小区，马学梅带领小区居民推选出居民自治小组，通过组织小区居民召开议事协商会，聘请小区的失业人员任管理员和保洁员，增设消防设施、规划停车位、粉刷楼道墙面、绿化补植，小区在居民自治中从"问题小区"转变为"明星小区"。

近年来，在马学梅的牵头协调下，社区充分发挥联合党委的优势，结合"聚焦百姓百件事"活动，以"五联"工作法，将社区建设中遇到的困难和居民关心的热点、难点问题进行梳理归类，通过居民点单、社区接单、成员单位销单的"三单式"服务模式，与辖区单位签订服务承诺书，推进党建资源和社会资源的集约利用优势互补。各成员单位根据自身优势，认领了为老旧小区安装大门、重建门房等 6 件百姓实事，为社区提供共建资金 13.9 万元，对辖区 40 户困难群众进行慰问，参与社区环境卫生整治等各类活动，让居民感受到了实实在在的好处。

关照空巢老人的自家人

永昌社区辖内老旧小区多，60 岁以上老年人有 480 多人，而且很多老人的儿女都不在身边。马学梅针对社区内老年人无活动场所、无人照看等现状，坚持以"关注民生、服务居民"为主线，紧盯老年人所思、所想、所需，积极协调，筹措资金建成永昌社区居家养老服务站，通过丰富的活动安排、简便可口的饭菜、舒适安逸的环境、贴心周到的服务，把社区人的爱心真诚地传递到了每位老年人的心田。

"6年前，我做入户调查，了解到一位独居老人生活难以自理，每天煮一锅米饭，拌点咸菜吃一天。我听了觉得很心酸，就下定决心要把老年饭桌建起来。"马学梅说。如今，在政府和辖区联合共建单位的支持下，永昌社区的老年饭桌已远近闻名，还吸引了其他社区的老人来"搭伙"。

72岁的刘兴就是其中之一。"这里环境好、伙食好，还有早餐，周末也开餐，解决了我们的大麻烦！"刘兴说。针对辖区老年人居多的现实，除老年饭桌外，永昌社区还设有理疗室、棋牌娱乐室、器乐室等近10个功能齐全的服务室，基本满足了社区老年人对文体娱乐、健康养老的生活需求。

家住利通区燃料楼家属院的李月英老人今年82岁，儿女都在外地工作，留她一个人在吴忠生活。这些年来，李月英老人只要一个电话，10分钟内社区干部就赶到了。"李姨妈，我来看你了。我给你送饺子来了，今天是冬至，社区包了饺子。""李姨妈，我帮你把衣服洗了，等会儿再帮你穿新棉袄。"马学梅和其他社区干部挑起了照顾李月英老人的担子。

马学梅还利用各个节假日，先后开展了"党员干部与孤寡、空巢、独居老人迎新春年夜饭"活动，辖区青年团员"学雷锋、尽孝心"实践活动，"端午节为老人送温情""亲近夕阳，关爱老人"义诊及"老年人一日游"等系列活动，使辖区老年人生活上获得了便利和照顾，精神上得到了关爱和慰藉。

推动社区工作的领路人

马学梅始终坚持"在岗就要爱岗，爱岗就要敬业"的信念，紧密联系群众，聆听群众呼声，解决群众实际难题。她积极与班子成员协商，结合社区重点工作，设立小区阳光台，进行网格化管理试点，以凸显社区特色为重点，结合社区中心工作，重点打造"四个特色"品牌活动，切实解决老旧小区存在的环境差等实际问题。她还在小区设立"居民说事点"和"居民信息点",旨在为居民提供了一个知晓、参与、监督社区事务的议事平台。社区居民可以通过信息收集箱向社区反映问题,社区对收到的信息梳理分类后,对工作做出及时调整,使之更符合实际。"居民说事点"和"居民信息点"设立以来,促成3个小区成立了业主委员会,为5个老旧小区配备安防及保洁人员,改善了居民居住环境,为小区的稳定与社区的和谐奠定了基础。

马学梅以成立"书记带徒弟"工作室的方式,与4名年轻社区书记结成传帮带对子,围绕社区党员教育、党组织建设、民生服务等方面,发挥自身优势和特长,进行一对一传帮带学习,帮助年轻书记快速成长。"学梅书记是个宝,她在社区摸爬滚打16年,基层工作经验丰富。特别是永昌社区'书记带徒弟'工作室,既是新老书记党建工作经验的'分享堂',又是基层社区治理疑难问题的'会诊所',在交流学习中实现'一加一大于二'的效果。"吴忠市利通区胜利镇秦渠社区党委书记马磊在永昌社区"书记带徒弟"工作室传帮带活动上说。

凝聚民族团结的有心人

永昌社区成立于 2002 年，管辖 7 个小区，有 3000 多户居民。走进永昌社区，到处可以看到各族群众交往、交流、交融的场景，邻里之间守望相助、和睦相处、彼此关心，营造出了一种温馨、美好、互助、互敬的一家亲局面。

2005 年 6 月，利通区以"以德为邻、团结互助、友善亲和、文明和谐"为主题，在所辖社区举办了吴忠市区首届社区邻居节。十几年来，利通区持续开展社区邻居节活动，出现了"一居一品、居居有特色"的场景，吸引了广大社区居民积极参与，被广大居民誉为咱老百姓自己的节日。在马学梅的带领下，永昌社区紧紧围绕"相知、友爱、和谐""寻最美邻居、展邻里文化、扬传统美德、建和谐社区"等主题，连续举办了 16 届社区邻居节，组织开展了"邻里和谐情谊浓、民族团结一家亲""邻里共聚千家宴、浓情蜜意话团结""金婚银婚喜相逢、邻里相伴晒幸福"等特色鲜明的系列活动，参与群众近 2 万人次。

在永昌社区办公楼里，一张张照片记录了一个个温情瞬间。老党员潘正德的儿女远在外地，自己独居在家，老党员金红英将其邀请到自家小院，准备了生日蛋糕、馓子、葡萄等为老人庆生；端午节，社区内各族群众一起包粽子；在社区邻居节上，各族群众一起晒厨艺、尝美食……这些接地气、暖人心的活动拉近了居民之间的距离，也使中华民族共同体意识在润物细无声中更加深入人心。为了让小区居民之间走得近些、再近些，社区组织开展"我们的节日"活动，"每逢端午、中秋等中华民族传统节日，社区里的各族居民一起包粽子、做月饼就像一家人。"居民金红英说。

2019 年 2 月 2 日下午，永昌社区"新春佳节送祝福，浓浓年味邻里情"联谊活动热闹开场。社区党员、群众、志愿者、文艺队、共建单位代表，还有社区青少年关护站的孩子们，共200多人欢聚一堂，其乐融融。喜庆的舞蹈，包饺子比赛，抢凳子、踩气球、吹蜡烛等趣味游戏……这些让人一看名字就倍感温馨的活动，让这个节日充满了浓浓的人情味，让居民在沟通交流中拉近了心与心的距离。

除过中华民族传统节日和社区邻居节等活动，永昌社区还定期开办民族团结大讲堂，邀请专家、学者为社区干部群众讲授党的民族政策、法律法规，解读国家关于支持民族地区发展的一系列重大决策部署，向辖区居民发放资料；在各居民小区精心打造民族团结大院、民族团结宣传墙、民族团结宣传书屋，精心制作1200米民族团结宣传长廊，涵盖社会主义核心价值观、移风易俗、民族团结、十佳民族团结示范家庭等内容，使"三个离不开""五个认同"在各族人民心中扎根，让大家在受教育的过程中凝聚共识，增强团结意识，共促社区发展。

近年来，在马学梅和班子成员的共同努力下，永昌社区不断完善小社区大党建工作格局，以创建星级服务型党组织为抓手，牢固树立以人为本、服务居民的工作理念，依托"一站一楼一点一廊一户"，实现党史学习教育、廉政警示教育与精神文明建设、文明城市创建等宣传内容全覆盖，引导社区形成了中华文化大家学、传统节日大家过、困难群众大家帮、文明城市大家创、先进典型大家树、社区管理大家促的良好局面。2017年，永昌社区被评为"全国民族团结进步示范社区"。

马学梅在自己平凡的岗位上兢兢业业、尽心尽责、以心换心、以爱博爱，被评为"全区民族团结进步模范个人""全国民族团结进步模范个人"。

新堡绽放民族团结之花

新堡镇位于中宁县城南郊，交通便利，是商贸、物流进入县城的南大门。新堡镇各族群众互帮互助，和睦相处，使民族团结之花在新堡大地上常开长盛。

乡村振兴路上的"领头雁"

金万忠是中宁县新堡镇创业村原党支部书记。参加工作20多年来，他一心扑在农村建设的最前线，团结村"两委"班子，各项工作想在前、干在前，发扬"三牛"精神，带领全体村民发展村集体经济、建设美丽村庄，各项工作年年跑在全镇前列，发挥了基层干部的中流砥柱作用，为乡村振兴贡献出了自己的力量。

工作中金万忠积极争取村"两委"班子成员的支持配合，克服"等、靠、要"思想，形成工作合力，多次到银川、中卫等地学习特色产业发展经验、农家乐经营模式，多次组织召开本村集体经济发展座谈会，邀请大家共同探讨村集体经济发展思路。

2018年2月，在金万忠的带领下，创业村成立集体经济合作社。合作社自筹资金80多万元，搭建了6座蔬菜大棚，大棚建成当年便种植了西红柿和辣椒，取得了良好的经济效益。2019年，积极争取中央及自治区扶持和发展壮大村集体经济项目资金100万元，自筹资金30万元，新建10座温室大棚。又联合本镇宋营、毛营等6个村党支部分期打造集采摘、垂钓、休闲为一体的旅游观光农业示范基地，村集体经济收入达24万元，建档立卡户实现收益4万元。

2020年春节，新冠肺炎疫情突如其来，金万忠带领村"两委"班子认真做好疫情防控工作，带头值班值守、带头捐款 500 元，在他的带动下，党员群众积极响应，捐款捐物。各族群众看到村干部日夜奋战在疫情防控一线，深受感动，纷纷捐赠消毒液、洗手液、纯净水、方便面等。同时，他带队宣传防控知识，并通过微信等网络平台加大疫情防控知识宣传力度，进一步营造人人参与、人人防控、人人负责的氛围，为打赢疫情防控阻击战奠定了坚实基础。

2021 年，正值村"两委"换届选举，因年龄问题，金万忠不能继续担任村支书，但他为百姓服务的初心一直未变，主动地挑起了创业村特色农业产业观光园项目负责人一职，整天扑在基地上。观光园如何发展，建什么棚，种什么作物，没有一项他不操心。他把基地当成了自己的家，把种植的蔬菜当成了自己的孩子。有时候半夜温度骤降，当手机上的报警信息响起的时候，他立即从床上翻起，赶到大棚查看秧苗受冻情况，并挨棚启动增温设施，这一番折腾下来，往往就已天亮。他说："组织信任我，把这个任务交给我，那我就一定要担好这份责任，不让组织失望。"

热心助人、回报家乡的"最美家庭"

毛营村7队王会兵、郭燕夫妇经常热心帮助邻里乡亲。

"远亲不如近邻，人活着不能只为自己，能帮助到别人，自己心里也会感到踏实和欣慰。"王会兵母亲是这样教育儿子的，也是这样做的。王会兵的母亲是个裁缝，王会兵小时候经常看见村里人拿着自己家的旧衣服来请母亲帮忙改一改。后来王会兵的母亲还主动办起了培训班，免费教大家学习剪裁制衣技术，不论多忙，王会兵的母亲总是很有耐心、毫无保留地把经验传授给大家，看到母亲所做的这一切，作为儿子，王会兵从心底深深敬佩母亲的无私奉献，这也潜移默化地影响着他，他决心要和母亲一样，真心实意待人，实实在在做事。

后来，王会兵与郭燕结了婚，夫妻感情和睦，互敬互爱，而且有了两个可爱的女儿，他们总是教育女儿不与人攀比，诚信做人、踏实做事。对待家中老人，夫妻俩也是关怀备至、体贴入微。天气好的时候，带上老人，全家一起出去旅游。

王会兵虽然离开了毛营村，但他的心里从没忘记过自己出生、成长的村子和村子里的父老乡亲。2014年春播前，王会兵回农村老家看望亲戚，无意间听说本村7组村民黄兴成家种地需要有机肥。黄兴成由于肢体残疾，家庭生活非常困难。作为曾经生活在同一个村子的乡邻，听说这件事后，王会兵买了一车足够黄兴成家用的有机肥送到他家地里。黄兴成看到王会兵为他所做的这一切时，激动得不知说什么好，只是一个劲儿地说着谢谢。

王会兵是从新堡镇毛营村7队走出来的一位企业家，多年来，他艰苦创业，通过开办运输公司逐步走上了致富路。王会兵的母亲说："你是在毛营村长大的，我们家条件不好的时候，是毛营村的父老乡亲帮助了我们家。吃水不忘挖井人，我们不能忘了根！"2015年春节前夕，王会兵在全家人的支持下，购买了大米、面粉、食用油和饮料等生活用品，在村干部的协助下，送到40多户群众手中，让大家红红火火过年。2016年春节前，王会兵又如往年一样，亲自将12000元的春节礼品送到了40多户乡邻的家中。他还为自己曾经就读的母校购买了价值6000多元的呼啦圈、篮球、羽毛球、跳绳等体育用品，并赠送该校60名学生每人一个新书包和一套学习用品，以鼓励孩子们努力学习。

王会兵每年为家乡的父老乡亲送上慰问品、节日的祝福和问候，犹如寒冬里的一团火苗，温暖了乡亲们的心。用王会兵的话说："我不是大款，但是我愿意为父老乡亲奉献一份爱心。"

用心构建民族团结的和谐社区

安定社区成立于 2003 年 9 月，坐落于新堡镇政府西侧，面积 5 平方公里，辖盛世南区、观园壹号等 30 个居民小区。

安定社区将民族团结进步创建与精神文明建设工作结合起来，加大对工作硬件的投入，通过"上级部门支持、社区自筹、共建单位资助"等渠道融合多方资源，先后投资 10 多万元，对社区活动阵地进行了全面维修，建起了党员活动室、图书室、积分制爱心超市等功能室，为社区离退休党员开展党组织活动，为广大居民参与文化娱乐活动提供了阵地。利用办板报、举办知识竞赛、悬挂横幅、张贴标语等方式大力宣传党的民族理论政策、法律法规和基本常识，使民族团结教育贴近居民、贴近生活，进一步营造了民族团结的氛围。

同时，安定社区还发动辖区各联合党委成员单位采用群众喜闻乐见的形式，自编自创了一场场内容精彩的演出，奉献给各族群众。社区夕阳红文化大院 2007 年以来共演出 400 多场，观看群众达 40 多万人次。

安定社区把民族团结进步创建工作与为各族群众办实事、办好事结合起来，从解决各族群众最关心的实际问题和难点、热点问题入手，想居民之所想，急居民之所急，谋居民之所谋。建立再就业服务中心，为辖区下岗失业人员提供就业信息、技术培训，先后有 51 名下岗职工参加了计算机培训和其他劳动技能培训，63 名下岗职工参加了"创办你的企业"培训班，有 33 名下岗职工实现再就业。为"4050"下岗失业人员办理灵活就业补贴 146 人次，金额 30 多万元。开展退管服务，使退休人员在离开企业属地管理后，实现老有所属、情有所系，生活健康充实。贯彻落实惠民工程，做好居民医保信息的收集、登记、整理、反馈工作，城镇居民医疗保险参保率达 95% 以上。多次组织、召集辖区内党员、社区工作者、个体私营老板、共建单位捐款献爱心，开展"一帮一"、单位结对帮扶活动，筹集资金慰问低保户、困难户等弱势群体，积极为残疾人申请救济补助，为151户253人办理了城市低保，为95户无住房的低保户申请廉租房补贴。把卫生工作当作重中之重来抓，清理生活、建筑垃圾30多吨，清理卫生死角67处，社区环境整洁优美，无脏、乱、差和占绿、毁绿现象，净化了社区环境和居民生活空间。

安定社区通过实施"一四三四"工作法，建强了党建阵地，夯实了基层基础，激发了党员活力，打通了社区服务居民"最后一公里"，进一步强化了社区党组织的凝聚力和战斗力。社区先后被中国科协评为全国科普示范社区，被自治区评为五星级和谐社区、普法依法治理示范社区、家庭教育工作示范社区。

365天沥风沐雨，七年八年热情不变，新堡镇走过漫长的岁月，却从来不缺兢兢业业、无私奉献的先进榜样，他们宛如一朵朵铿锵玫瑰绽放在群众身边，为民族团结事业倾注了满腔热血，谱写了一曲曲开拓进取、无私奉献的颂歌。

新堡镇的民族团结进步工作如涓涓细流绵绵不绝，这涓涓细流必将汇入新时代民族团结进步事业的大潮中。

姬秀花

水本无华，相荡而成涟漪。只有用心才能促团结，只有真心才能筑友谊。中宁县大战场镇东盛村妇联主任姬秀花用真挚热忱浇灌民族团结之花，用对党的忠诚铸就民族团结之情，用实际行动谱写民族团结大家庭的和谐之歌，在平凡的生活中演绎着不平凡的感人事迹，如那盛开的马兰花一般，氤氲出醉人的清香。

甘当致富的引路人

东盛村成立于2007年，是一个多民族聚居移民村，辖7个村民小组。村里的人大多是从彭阳、海原、同心、西吉等地搬迁而来。起初，村民之间存在风俗习惯等方面的不同。而现在，这种区别早已消失不见，取而代之的是全村各族群众和睦共处、和衷共济的新局面。这个过程的转变，离不开包括姬秀花在内的许许多多人的共同努力。

作为东盛村妇联主任，姬秀花深知加强民族团结对于维护东盛村的和谐稳定、促进各项事业又好又快发展的重要性，在她的笔记中有这样一句话："我要像爱护自己的眼睛一样爱护民族团结，像珍视自己的生命一样珍视民族团结。"她是这样写的，也是这样做的。她始终把"汉族离不开少数民族、少数民族离不开汉族、各少数民族之间也相互离不开"的思想作为平时进村入户宣传的重中之重，不厌其烦地向村民讲解党的民族政策。在她的倡导下，村里经常举办趣味运动会、知识竞赛等活动，从而拉近了各族群众的感情，增强了村集体的凝聚力。

姬秀花的孩子正在读初中，父母亲年事已高，需要人照顾，而她却常常舍小家顾大家，一有时间，就到村里去转转，时刻想着为村民做好事、解难事、办实事。乡亲们不管是谁家有什么困难，谁家儿子儿媳不孝顺老人了、村民之间闹矛盾了，都习惯找她反映。乡亲们什么时候有困难，她就什么时候去，决不含糊。

邻居张家的婆婆是个"老脑筋"，和大儿子分家了，可总爱干涉大儿子家的事，一看见大儿子做点家务，比如洗锅烧炕，心里就不舒服，总在邻居跟前说大儿媳妇的不是。大儿媳妇得知后很是生气，找上门去和婆婆评理，一来二去婆媳关系剑拔弩张。有一次，邻居大儿媳妇找到姬秀花，给她说婆婆的不是，她当时就劝这个年轻媳妇作为子女一定要好好孝顺老人。后来，她又多次上门给那位老婆婆做工作，工作做通了，把两个人叫到一起，大儿媳妇向老人认了错，希望和解。在她的努力下，邻居家的婆媳关系终于得到了改善，能够和谐相处。邻居们看姬秀花的眼神也多了一份尊重。

村里的留守儿童也一直是姬秀花心头的痛，她一直把他们放在心上，将自己新建的一间房子作为"爱心书屋",专门给留守儿童作为阅读学习室,让他们有一个良好的学习环境。她经常关心孩子们的生活,给他们做好吃的,叮嘱他们要好好学习。她还积极联系社会各界爱心人士,为留守儿童捐助衣物、书籍及其他生活学习用品,尽自己最大力量为留守儿童提供帮助。"我要让孩子们感受到大家庭的温暖,感受到亲人的关心和爱护。"姬秀花说。

这些年来,姬秀花不计报酬,无私奉献,为乡亲们分忧解难,无怨无悔,用她的话说,就是图个"群众和睦幸福,邻里和谐一家亲"。

姬秀花常说:"只要有人有困难找到我,我都愿意尽最大努力帮助他们。也许我帮不出啥门道来,但是伸手帮了,就暖了他们的心,自己也算尽力了。"为了满足群众的需要,她甘愿跑断腿、磨破嘴,甘愿自己吃不上热饭、睡不上好觉。

在姬秀花的宣传影响下,东盛村各族群众交往交流交融、和谐发展。在东盛村,经常可以看到几位村民坐在树荫下一起择菜聊家常的和谐画面。村上谁家的瓜果蔬菜成熟了，都会和周围的邻居一起分享，在东盛村，邻里之间互帮互助、礼尚往来已经成了一种风尚。

村民马成云家的杏树枝伸到了他的邻居穆彦武家的院墙内。马成云担心刮风下雨时，杏树会倒下砸坏邻居家的院墙，主动提出要锯掉，而穆彦武则表示让两家一起守护这棵杏树。十几年来，这棵杏树从小树苗长到硕果满枝，离不开两家的精心呵护，而他们邻里之间，也因为这棵杏树更加亲近。

一个人富了不算富，全村人都要过上好日子。姬秀花作为东盛村妇联主任，她深知要引导贫困群众富口袋，只靠种地是不行的，要想办法谋出路。

有一次姬秀花去中宁县舟塔乡采摘枸杞，和种植枸杞的人家拉起了家常，得知种植枸杞比种粮食的收入高得多，姬秀花回去就和家里人商量种植枸杞。

"咱不懂技术，咋能种得好？"丈夫马义文最担心的是失败了会赔钱。"不尝试怎么就觉得自己不行呢？咱村里这么多人都去别的村上采摘枸杞，证明种植枸杞就是比种粮食收入好得多，咱们把自家的地种植枸杞，以后让大家都来咱家采摘枸杞！"一次一次地劝说，终于磨没了马义文的脾气："那就种吧！"小两口结成了统一战线，老人们也就好说服了："你俩都商量好了，我们也没啥说的。"

说干就干，姬秀花去书店买回种植枸杞的书籍认真学习，积极参加县里和乡上举办的枸杞种植培训班，有不懂的地方就向技术人员和专家请教，还以家门口的两亩地作为"试验田"开启了枸杞种植之路。由于小两口能吃苦，当年便收回了成本。转年，姬秀花便把家里的8亩地都种植了枸杞，是东盛村大面积种植枸杞的第一家。

为了使枸杞增产增收，她严格按照专家的要求施肥灌水，还经常去中宁县舟塔乡枸杞种植的人家边干活边请教，用诚心实干换回了种植枸杞的经验。由于勤劳会管理，一年下来，收入达3万元。对于昔日为温饱奋斗的家庭而言，这无疑是个天大的好消息。

从第二年开始，种植枸杞效益越来越明显了，到了 2002 年，姬秀花家已经成为村里最大的枸杞种植户，家里的生活得到了极大的改善。不过，如人饮水，冷暖自知，背后的辛苦只有她自己知道。

种植枸杞让姬秀花家的日子过好了，家里面盖起了宽敞明亮的砖瓦房，安装了太阳能热水器，用水泥硬化了院子。

姬秀花家的日子过好了，但她还惦记着乡亲们。

东盛村很多村民都跑到中宁县去采摘枸杞挣钱，姬秀花想，与其跑这么远，还不如让乡亲们来自己家采摘枸杞挣钱。于是，她家的枸杞种植地成为了村里的采摘基地。在日常生活中，她还毫无保留地向村民传授自己种植枸杞的心得，交流致富经验，动员村民们也种植枸杞。在她的极力推荐和说服下，东盛村大部分村民都种植了枸杞。

姬秀花说："现在东盛村家家都盖上了砖瓦房，道路也硬化了，大伙儿的生活越过越好。"

"姬主任，您又来发放宣传种植枸杞的资料呀！这几年呀！多亏了你的技术指导，我种植的枸杞挣钱了，哈哈哈！"掩饰不住内心的激动，见到姬秀花的村民快步向前，边打招呼边说。为帮助村民提高种植枸杞技术，姬秀花和村干部挨家挨户发放种植书籍，并一对一手把手地进行技术指导。

通过参加中宁县就业创业和人才服务中心主办的经纪人培训班，姬秀花的致富思路也拓宽了，她觉得仅靠种地致富门路太窄。2007年她与丈夫协商后，拿出几年的积蓄，买了一辆微型客货车，上门收购群众的枸杞，再拉到枸杞市场去销售。由于姬秀花为人热情、诚实守信，种植户都愿意把枸杞卖给她，收购商也愿意收购她的枸杞。除此之外，她还坚持薄利多销。正是这些因素，让她成了中宁枸杞市场上人人皆知的女商贩。

随后，姬秀花又带头发展富民产业，种植苹果树10亩，手把手教同村妇女如何给苹果套袋，使她们有了一技之长，为家庭增加了经济收入。正因为持续为群众办实事办好事，特别是在农村妇女中起到了模范带头作用，姬秀花深得乡亲们的信任。

"只有俯下身子踏踏实实地为乡亲们办好事、办实事，他们才会真正地接受你、相信你，把你当朋友。"姬秀花常常对身边的人说。

村里的好媳妇

姬秀花有一个幸福美满的六口之家，丈夫是一名普通的农民，年迈的公婆憨厚慈祥，一双儿女学习成绩优异。在大家眼中，一家人生活得幸福和谐、无忧无虑。可伴着她一起脱贫致富的东盛村村民深知，这个表面上看起来坚强幸福的女人一路走来有多么不容易。

1999 年，姬秀花嫁给了同村的马义文。尽管婆家条件很不好，"知根知底"的姬秀花父母却依然支持这门婚事。在他们眼中，马义文人实在、靠得住。因此，婚后的姬秀花面对的状况是：一家四口人靠着仅有的几亩土地维持生计，年收入不足千元，温饱问题尚待解决；每到下雨天，3 间土房里都会滴水，与水帘洞相差无几……

而这也是当时东盛村的普遍情况。村民以种地为生，空闲时打零工补贴家用，住的都是土坯房，走的全是沙石路。"天上无飞鸟，地上风吹沙石跑"，每到春天一刮风，黄沙满天飞；遇到下雨天，道路泥泞。

那时，姬秀花不过是 20 岁出头的年轻姑娘，骨子里却满是不服输的劲头。为了多赚钱，她去种植大户家打零工，锄草、施肥、采摘，甚至连挖树、挑水这样的体力活也干。

手上磨起的泡和老茧都证明着姬秀花的辛苦。马义文看在眼里疼在心里，每次劝她休息，她却怎么都不肯休息。她偷偷哭，反复想，如何才能靠自己的双手改变贫穷。

她对丈夫说，我们也有一双勤劳的双手，为啥不能改变家庭的贫穷呢？为此，她想了各种办法，租种别人家的地、养牛、养羊……终于，靠着种植枸杞，一家人过上了好日子。

如今，能让老人住在新房里，这让她很是舒心。每年换季，她都会给公婆买新衣服，经常换着花样改善老人的饮食。结婚10多年来，姬秀花一直非常孝敬公婆，家里的农活她从不让二老经手，每次都是自己忙完地里的活，再匆匆赶回家里做饭。

金杯银杯，不如群众的口碑。她的行动，邻居们看在眼里，也说在嘴上，一些老人非常羡慕她的公婆，常在他们面前说，你家的这个儿媳妇比儿子都做得好！能娶到这么一个好儿媳妇，真是几辈子修来的福分。

姬秀花认为，一个人尽孝道，不管做得多么好，那都是在尽自己的职责，没有什么值得炫耀的。

一分耕耘，一分收获。她付出了，也得到了，得到的是家人的支持、爱护和邻居们的尊重。她常说，家家有老人，家家有小孩，人人都会老，人人都敬老，社会才会更美好。

姬秀花认为家庭作为最小的社会组织，是社会的基石，家庭以爱为根，生活以和为贵。良好的家风是社会和谐的基础，家庭和睦则社会安定，家庭幸福则社会祥和，家庭文明则社会文明。姬秀花用自己多年如一日的实际行动弘扬优良家风，成为了千千万万个撑起社会好风气的幸福家庭中的一员。在她的影响下，东盛村也形成了尊老爱幼、相亲相爱的良好乡风。

姬秀花在家是好妻子、好母亲、好儿媳，在外是优秀妇女干部、创业致富带头人、优秀创业青年。从她身上既能看到中国基层妇女特有的淳朴和善良，又能看到当代中国共产党人的责任担当。

咱老百姓的靠山

宁夏中卫市沙坡头区香山乡、兴仁镇，地处黄河中卫段以南的大山深处，距离市中心80公里，年均降雨量不到200毫米，属于严重干旱的地方，"靠天吃饭、十年九旱"曾一度是这里的代名词。金耀华在这里生活了40年，工作了20年，对这片土地有着深沉的感情。他的民族团结故事要从米粮川新村讲起……

一

　　2008 年，从祖祖辈辈生活的海原县蒿川乡搬迁至沙坡头区米粮川新村的移民户，离开了世代生活的土地，生活上情感上都存在着矛盾。有一系列亟待解决的问题：一是人畜饮水问题。在这样一个本来就干旱缺水的地方，一下子涌来了这么多人，加上牛羊家畜用水，搬迁来的群众同早已世代生活在这里的村民因饮水问题隔三岔五就会产生矛盾。二是思想比较保守。一些贫困群众受制于传统思想和生活习惯，不愿离开老家搬迁到新的地方安家落户，使得政府的搬迁工作难度重重。三是缺少发展资金。搬迁来的群众，大部分在老家都有养牛、养羊的传统，而且当时养牛、养羊都是漫山放养，可到了米粮川新村，正值国家施行退耕还林还草政策，虽然政府给移民户修建了养殖大棚，但搬迁来的群众大都没有购买牛羊和饲料的资金。

2012年1月的一个早晨，金耀华所任职的中卫农村商业银行香山支行营业室突然涌进来了几十个人，他们在大厅里嚷嚷："我们要贷款，你们是国家的银行，为啥不给我们贷款，你们是什么银行？"金耀华听到嚷嚷声后立即到营业室查看并了解情况，并把一个叫吴桂荣的小伙请到办公室。吴桂荣说："我买了几只羊在家养着，可是没钱买饲料，羊都饿坏了。听说你们农村商业银行是农民的银行，所以来试试。"听到吴桂荣说的情况后，金耀华陷入了思想斗争，从银行的经营角度出发，这些移民来的群众本来经济基础就不好，再加上是从外地搬迁来的，没有抵押物，万一贷款发放后无力偿还形成坏账怎么办？这也是资本的流失。但设身处地从移民户的角度出发，他们从外地搬迁过来，确实存在无发展资金的实际困难，贷款给他们，借鸡生蛋，让他们拥有自己发展的资本，积累个人的财富，往小了讲，可以让他们过上好日子，往大了讲，每个移民都不断发展自己的小日子，那么我们的地区经济必然可以繁荣。作为本地的农村商业银行，支持老百姓发展经济是我们的职责。金耀华笑着说："老乡你放心，情况我已经了解了，农村商业银行就是服务老百姓的银行，近期我们会组织工作人员到村上调查了解情况，然后拿出具体的实施方案，一定给你们一个满意的答复。"

吴桂荣他们走了之后，金耀华便开始忙了起来，着手入村调查。通过挨家挨户走访，向当地村干部了解移民户真实情况，研判了潜在的风险，决定筛选出一批个人信用较好，有发展养殖意愿的群众先行适量放贷，逐步实现以"先进"带"后进"的目的。2012年腊月的一天，只记得那天异常寒冷，金耀华带领工作人员拿着贷款合同，带着复印机等设备来到米粮川村部。刚到村部门口，便看到村部已经挤满了人，很多群众虽冻得瑟瑟发抖，但脸上却洋溢着喜悦，满眼都是激动和期盼。当时的场景使金耀华内心一震，金耀华觉得先给这些信用较好、有发展养殖意愿的群众适量放贷的决策是正确的，群众背井离乡搬迁到这里，带着妻儿老小，他们的处境艰难，面临的是最基本的生存问题，金耀华觉得承担的风险和压力是值得的。

2013 年，米粮川移民群众羊只存栏 2000 多只，但受市场影响，羊价大跌，每只基础母羊从 1000 元跌至四五百元，养殖户高进低出，亏损严重。同时，300 多万元贷款也面临还款危机，面对这一情况，金耀华与上级部门沟通，研究决定采取以转贷方式继续支持米粮川移民养殖户。在办理完转贷手续后，很多养殖户对中卫农村商业银行的做法很是感激，村书记事后带着几个养殖户来银行表达感谢，说："农村商业银行能把我们当自己人一帮再帮，设身处地为我们考虑问题，我们真是感动呀，我们要好好把养殖搞上去，不能辜负你们的信任！"金耀华说："这都是我们农村商业银行的分内工作，发展需要团结，只要你们一心一意搞建设，聚精会神谋发展，日子一定会越过越好的。"

2015 年 8 月初的一天，米粮川新村的一个村民骑着摩托车到香山支行门口下车，手里提着一个白色的塑料袋，他急急忙忙来到金耀华的办公室，从白色塑料袋里掏出来 3 万元钱，激动地握着金耀华的手说：

"金行长，我是米粮川的田兴平，今年丰收了，我来把贷款还了，今年米粮川新村的很多人都打了个翻身仗，收入都好得很，感谢你在我们最困难的时候给我们贷款，一再地为我们解决问题，我们的生活越来越好了，真的感谢你。"听着田兴平的话，看着他脸上喜悦的表情，金耀华心里特别高兴，他觉得曾经种下的这颗"种子"发了芽结了果。

二

2016 年 8 月，在完成香山乡米粮川新村支农工作后，金耀华调入兴仁支行。兴仁镇的团结村、泰和村、兴盛村和川裕村都是挂了号的贫困村。来到新的工作环境，面对这么多贫困户，有了在米粮川新村和群众打交道的经验，金耀华没有过多考虑便组织员工开始了入户调查工作。在一个天气炎热的中午，金耀华和同事正在贫困户马自福家里了解情况，忽然有几个孩子从门外面满头大汗地拥进来，其中一个最小的女孩子边走边哭，金耀华便问马自福具体情况，马自福满面愁容地答道："这都是我家的孩子，刚从外面摘枸杞挣钱回来，我也很心疼娃娃，也想给娃娃一个好日子，可自从搬迁过来，本来积蓄就不多，需要花钱的地方却不少，只能全家每个人都打工维持生计。"金耀华说："这次来你家里就是调查了解情况的，你有啥打算。"马自福回答道："我以前在老家养过牛，现在就想养几头牛，这几天同村的几个都张罗借钱买牛，我也跑过几次你们银行，但我没有资产担保不能贷款，这几天正为这事发愁呢。"听完马自福的话，金耀华陷入了沉思，还为孩子们心痛，本该学习、玩耍的年纪却要分担家庭的生活压力。最后又走访了好几家，他们都面临同样的问题。马汉宝是泰和村的村书记，也是一名致富能手，更是一个热心的人，他经常带金耀华他们走访贫困户并介绍家家户户的情况。他说："搬迁过来的人很多都有养殖经验，过去就一直养牛，现在也很想养牛，可就是手里没有资金，无法形成规模效益。"

金耀华明白，要想让当地各族群众真正实现脱贫，就要通过信贷资金支持他们发展属于自己的产业。经过向上级行汇报后，兴仁支行确定为首批 20 户养牛户贷款，每户金额为 5 万元，并实行"两免一基"政策。他也向其他移民村宣传和推广这一政策，只要是有意愿发展产业的建档立卡贫困户，都在农村商业银行贷款支持的范围。最终这一政策在团结村、泰和村、兴盛村、川裕村 4 个移民村掀起了发展产业的热潮，形成了团结村"压砂地 + 育肥养牛"、泰和村和川裕村"种植枸杞 + 育肥养牛"、兴盛村"货车运输 + 育肥养牛"的产业模式。中卫农村商业银行采取的这些扶贫措施是想让大多数贫困户逐步明白，只要肯干、苦干，银行都可以支持，再加上自己的努力也一定会过上好日子。经过 3 个月的连续作战，中卫农村商业银行累计为 4 个移民村的 485 户建档立卡贫困户发放扶贫贷款 2425 万元，带动牛存栏 4000 只，购置运输货车 30 台，发展压砂地 300 亩，扩大枸杞种植面积 120 亩。

三

在政府及社会各界的全力支持下，经过中卫农村商业银行两年多的金融扶贫、产业扶贫，4 个移民村已焕然一新，实现了整村脱贫。家家户户的精神面貌都已改观，群众的腰包鼓了，脸上的笑容多了，干劲更足了，生活更好了。

再次见到马自福，是黄河银行、中卫农村商业银行及当地扶贫办相关部门领导在他家的牛棚参观调研。"我现在牛存栏已经有 50 头，每年收入至少 10 万元，还帮助十几个同乡也养起了牛。我家大儿子现在已经上班了，小女儿在上学，我经常告诉他们，我们今天的好生活是国家给的、政府给的。我一定要把小女儿供着考上大学，将来要让她为社会作更大贡献。

真的很感谢党，感谢政府，感谢中卫农村商业银行鼓励我发展养牛，要不然现在我肯定还过着给人打工的日子呢。"马自福由衷地感叹道。

在金耀华的故事背后，有喜悦也有心酸，有成功也有失败，但他相信付出总有回报，种下一粒脱贫致富的希望种子，必将收获民族团结、社会繁荣的果实。

什么是民族团结？金耀华认为，"民族团结是社会稳定、发展进步的基石，我们每个人都要付诸行动，深入学习贯彻习近平总书记关于加强和改进民族工作的重要思想；要用真心换真情，用一腔热忱切实为各族群众解决问题，切实从党和政府的角度出发维护民族团结和社会繁荣；以中华民族一家亲、五十六个民族都是一家人的想法去关心和支持他们，支持各族群众真正富起来。这样各民族就会像石榴籽一样紧紧抱在一起，手足相亲，守望相助，共同唱响同心筑梦的时代乐章，向着伟大的新征程阔步前行。"

必须以铸牢中华民族共同体意识为新时代党的民族工作的主线，推动各民族坚定对伟大祖国、中华民族、中华文化、中国共产党、中国特色社会主义的高度认同，不断推进中华民族共同体建设。

——习近平

一起实现

"石榴籽"故事 第二辑

《"石榴籽"故事（第二辑）》编委会 编

黄河出版传媒集团
阳光出版社

图书在版编目（CIP）数据

"石榴籽"故事. 第二辑. 一起实现 /《"石榴籽"故事（第二辑）》编委会编. -- 银川：阳光出版社，2022.8

ISBN 978-7-5525-6468-6

Ⅰ.①石… Ⅱ.①石… Ⅲ.①故事－作品集－中国－当代 Ⅳ.①I247.81

中国版本图书馆CIP数据核字(2022)第158029号

"石榴籽"故事 第二辑 一起实现

《"石榴籽"故事（第二辑）》编委会 编

责任编辑 刘 涛 陈建琼
封面设计 赵 倩
责任印制 岳建宁

黄河出版传媒集团 阳光出版社 出版发行

出 版 人 薛文斌
地　　址 宁夏银川市北京东路139号出版大厦（750001）
网　　址 http://www.ygchbs.com
网上书店 http://shop129132959.taobao.com
电子信箱 yangguangchubanshe@163.com
邮购电话 0951-5014139
经　　销 全国新华书店
印刷装订 宁夏凤鸣彩印广告有限公司
印刷委托书号 （宁）0024431

开　　本 787 mm×1092 mm 1/16
印　　张 7
字　　数 60千字
版　　次 2022年8月第1版
印　　次 2022年8月第1次印刷
书　　号 ISBN 978-7-5525-6468-6
定　　价 70.00元（全3册）

序　言

　　中华民族五千多年的发展历程，就是一部各民族交往交流交融的历史，追求国家大一统、推进民族团结融合始终是历史主流，推动各民族不断交流汇聚，形成了你中有我、我中有你、谁也离不开谁的中华民族多元一体格局，构建了一荣俱荣、一损俱损、命运与共的中华民族共同体。

　　伟大的中国共产党从成立起，就积极探索适合中国国情的解决民族问题的道路。新中国成立后，我党确立了以民族平等、民族团结、民族区域自治、各民族共同繁荣为主要内容的民族理论和民族政策基本框架，形成了民族工作的一系列基本制度和政策。改革开放以来特别是党的十八大以来，以习近平同志为核心的党中央因应国内国际形势的发展变化，不断丰富

和发展党的民族理论和民族政策，就民族工作作出一系列重大决策部署，强调铸牢中华民族共同体意识、各民族共同团结奋斗共同繁荣发展、坚持和完善民族区域自治制度、促进各民族交往交流交融、依法治理民族事务等，推动我国民族团结进步事业取得历史性成就，铸牢中华民族共同体意识得到各族群众的广泛认同，已经成为各民族的自觉意识和行动指南。

宁夏自古就是各民族交往交流交融的地区。生活在这片热土上的各民族为宁夏的发展繁荣贡献了力量，书写了民族团结进步的光辉篇章，推动中华民族朝着伟大复兴的目标奋勇前行。1958年10月宁夏回族自治区成立，开启了各民族发展进步的新纪元。在党的民族理论和政策的光辉照耀下，宁夏的民族团结不断巩固发展，特别是进入新时代以后，在以习近平同志为核心的党中央坚强领导下，宁夏各族儿女继承弘扬民族团结优良传统，孕育了一个个相濡互化、互鉴交融的感人故事，书写了一篇篇手足相亲、守望相助的动人篇章，唱响了一曲曲同心同德、同向同行的

伟大赞歌。

大德敦化，小德川流。《"石榴籽"故事》第二辑在第一辑基础上，赓续以爱国主义为核心的民族精神，坚持以社会主义核心价值观为引领，分三册生动展示各民族"一起走过"的历程，多景呈现各民族"一起生活"的经历，深刻描绘各民族"一起实现"的愿景，能够让人切身感受到各民族水乳交融、唇齿相依的强大凝聚力，牢固树立休戚与共、荣辱与共、生死与共、命运与共的中华民族共同体理念。

事成于和睦，力生于团结。我们坚信，在以习近平同志为核心的党中央坚强领导下，我们将铸牢中华民族共同体意识，推进中华民族共同体建设，进一步凝聚起团结奋斗的磅礴力量，为全面建设社会主义现代化美丽新宁夏，实现中华民族伟大复兴的中国梦团结奋斗！

《"石榴籽"故事 （第二辑）》编委会

2022 年 5 月

目 录
CONTENTS

脱贫路上不落一人

2021 年 2 月 5 日，中宁县扶贫开发服务中心主任叶廷文从宁夏医科大学总医院出院后，不顾家人的拦阻和医生的反对，又投入到繁忙的工作中。"一年之计在于春，脱贫攻坚和乡村振兴的衔接、百万移民致富提升工程等各项工作都要落实到位，否则，影响今年产业的整体发展。"叶廷文说。

这五年来，叶廷文一路引领摸索，不舍昼夜、忘我付出，将脱贫攻坚的神圣使命书写在这片热土上。

全力做好移民搬迁

徐套乡、喊叫水乡、大战场镇、太阳梁乡，是中宁县贫困人口最多的4个乡镇，也是少数民族群众最多的乡镇。这4个贫困乡镇天然植被稀疏，土地贫瘠，水土流失严重。

自2000年开始，按照自治区党委和政府生态移民工作部署，中宁县组织实施了5个生态移民项目和1个劳务移民项目，接收了1个吊庄移民区和2个生态移民安置区。

生态移民是一项长期的工作，千头万绪，既要耐心细致，又必须群策群力，叶廷文是整个生态移民搬迁的参与者与见证者。在移民搬迁工作中，叶廷文与班子成员迎难而上，不怕苦不怕累，齐心协力，全身心投入。"只要能更好地促进贫困地区发展，我就敢打破陈规、破除一些不适合形势发展的旧框框。"叶廷文说。

徐套乡地处群山之中，交通不便，当地的群众出行极为不便。了解详细的情况后，叶廷文在实施打麦水生态移民项目时，积极与施工单位协商，组织了200多名当地群众就近到项目区务工。在施工过程中，为了让更多的群众了解移民政策，他深入大山，到当地群众家中了解情况，给群众讲惠民政策，解除了群众的后顾之忧。由于考虑周到，工作超前筹划，他负责实施的打麦水生态移民项目推进速度快、建设质量好，得到了组织的肯定和移民群众的认可。

2013年，为了让宽口井搬迁来的群众尽快安定下来，投入生产生活，叶廷文在宽口井项目区，多方筹集资金80余万元，建成了3000多平方米的农贸市场，方便了移民群众和周边群众进行粮食蔬菜、日用百货的交易。

在接下来的几年中，叶廷文积极争取资金，进一步完善移民安置区基础设施，先后在撒不拉滩、打麦水移民区组织修建生产路、蓄水池；协调水务局、徐套乡对人饮供水管道进行维修。为确保搬迁群众稳得住，叶廷文四处奔走，大力争取项目资金，帮扶移民发展产业。

铺就一条脱贫新路

当在宁东的陆占国开着装载机大显身手时，他的发小陈玉龙正开着半挂车，拉着满满一车货物向阿拉善左旗奔去。如今，在中宁县喊叫水乡麦垛新村，像他们这样拥有一技之长的青壮年劳动力已有120多人。

在一年前，麦垛新村的青年，要么守着家里的几亩薄田艰难度日，要么四处打零工。如今每到闲暇时，尤其是当他们领到厚厚一沓工钱时，总会念叨着改变他们人生轨迹的一个人，这个人就是中宁县派驻喊叫水乡麦垛新村的第一书记叶廷文。

麦垛新村是一个移民村，都是从同心县搬迁来的群众。村民的主要经济来源是外出务工。村集体经济薄弱，群众收入低、生活困难。

2015 年 12 月，叶廷文被派驻麦垛新村开展驻村帮扶工作。在进行入户走访调查后，他召开座谈会、发放征求意见表，详细了解群众的期盼和需求，查找制约帮扶村发展的瓶颈，研究制订帮扶工作计划，提出帮扶思路和举措。叶廷文首先从解决该村"两委"班子存在的问题入手。麦垛新村共有党员 17 人，村"两委"班子基本齐全，但存在发展思路不清晰，为民服务意识不强，带动致富能力较弱，战斗力和凝聚力不强的问题，没有较好地发挥农村基层党组织的战斗堡垒作用。他带领班子成员挨家挨户走访，促使班子成员主动与群众化解隔阂，交流感情，进一步密切干群关系。建立健全各项规章制度，规范了村"两委"议事、办事等程序，制定村"两委"班子值班制度，方便群众办事。基本形成了稳定、团结、奋进、干事创业的班子队伍，村支部的战斗堡垒作用进一步增强，为全村脱贫致富提供了组织力量。

工作之余，叶廷文经常与村民促膝长谈，了解村民的期盼和需求，与村"两委"班子一同谋划发展思路和举措，共同研究制订了《麦垛新村经济社会发展规划和帮扶计划》及《2016—2020年整村推进扶贫开发实施方案》，确保帮扶工作有计划、有重点、有措施、有成效地推进。

与此同时，叶廷文针对移民群众普遍存在的生活困难问题，积极争取县政府救助资金14万元，及时组织发放到移民群众手中，切实解决了群众的燃眉之急。协调发改局筹集资金4万元，完善了麦垛新村村部和村卫生室供电设施，配置了桌椅等办公设备，加强了党员活动阵地的建设。联系农牧局，提供了2400公斤地膜，扶持群众发展覆膜玉米460亩，安装太阳能热水器162台，为村民带来生活的便利。协调县妇联，申请建设资金25万元、政府配套资金19万元，为麦垛新村建设集雨场；配合县劳动就业服务局对麦垛、车路沟、康家湾、红湾等4个移民村千余名青壮年劳动力进行就业技能培训，提高移民创业就业能力，增加务工收入；积极配合喊叫水乡政府和村"两委"班子做好村务公开、土地确权、农田建设、大环境整治等工作，促进了麦垛新村经济发展。

在麦垛新村，因土地耕植和灌水等引发的矛盾纠纷时有发生，严重影响了村民的团结稳定。叶廷文与"两委"班子从解决村内难点问题和群众生产生活矛盾入手，制定了包抓化解矛盾纠纷方案，先后解决了陆学昌等村民的土地纠纷、陈宝平等村民的灌水难等问题，有效处理了3起村民上访事件，切实维护了麦垛新村的社会稳定，保障了群众的合法权益。

了解到村民想学各类专业技能的需求，叶廷文多方筹集资金30多万元，在全村培训装载机驾驶员79名、挖掘机驾驶员28名、月嫂100名、B2驾照汽车驾驶员23名，确保了全村94户贫困户每户均有1至2名劳动力接受就业、创业技能培训，贫困户人均收入由过去的两三千元提高到了四五千元。

对于村里无技术特长的妇女，叶廷文联系协调群众到灌区枸杞基地务工采摘枸杞，并为务工人员做好后勤保障工作。让务工村民感受到了党和政府的关怀和温暖，增强了大家脱贫的信心。

"脱贫路上,不漏一户,不落一人。"2016年3月,中宁县召开脱贫攻坚誓师大会,叶廷文感到肩上的担子更重了,自己不仅是麦垛新村脱贫致富的领头人,更是中宁县脱贫攻坚的排头兵。过去,他担任麦垛新村第一支部书记时,仅仅想着如何带领这个村摘掉贫困村的"帽子"。但现在,他想得更多的是如何通过麦垛新村这块脱贫攻坚的"试验田",走出一条辐射带动全县脱贫攻坚的新路。

一年时间,麦垛新村年人均可支配收入由过去的3500元,提高到5000元。叶廷文获得自治区民族团结进步模范个人称号。

脱贫路上不落一人

2017年,中宁县脱贫攻坚工作进入攻坚时期,叶廷文怀揣着对贫困群众的深情厚谊,奔波在脱贫攻坚的第一线，进村入户、问计于民，从扶贫对象、扶贫方式、致贫原因、农户需求等方面摸清底数，找准思路、精准施策。繁忙的工作节奏，繁重的工作压力，致使他突发心肌梗死被送往医院抢救。手术后，他依然心系扶贫工作，不顾医生与家人的叮嘱，毅然返回扶贫一线。"爱岗敬业，干一行爱一行。"叶廷文始终用实际行动践行自己的初心，在脱贫一线无悔地挥洒着自己的青春与汗水。

2019年，叶廷文被任命为中宁县扶贫开发服务中心主任。白天，他进村入户，哪个村的道路没有硬化、哪一户的自来水还未通水、哪一户危房未拆除、哪个建档立卡户的住院报销没有到位、哪个学生有辍学风险等，这些都是他关心和牵挂的重点。他总是加班到深夜，梳理白天的入户走访和调研资料，总结存在的问题，思考解决方案。

针对生态移民区和深度贫困地区人均耕地面积少、产业结构单一、贫困群众增收困难的实际，叶廷文组织在生态移民区新建4个肉牛场和1个奶牛场，鼓励贫困群众参与托管养牛发展产业。

为确保脱贫路上不落一人，叶廷文积极向中宁县委申请派出由县级领导带队的外出调查走访组，对常住县外政策性移民和建档立卡户、常住县内的自发移民开展走访并收集印证资料，全面摸清底数。他还建议将中宁县农村人口中存在因学、因病、因突发事故、因灾等致贫风险的重点群体纳入监测范围，探索"防贫保"，实施精准防贫机制。

"一分耕耘，一分收获。"2020年，中宁县41个贫困村全部出列，全县5213户21472名贫困人口全部脱贫，农民人均可支配收入由2016年的7800元达到14298元。2019年、2020年，中宁县连续两年获自治区脱贫攻坚优秀档次。

"在脱贫攻坚战役中，只要密切联系群众、了解民情、倾听民意，真心实意为老百姓办好事办实事，就能得到老百姓的信任和拥护。只有给老百姓发展的信心，激发他们改变生活旧貌的决心，团结党员和群众的共同力量，脱贫致富就不再只是个梦想。"叶廷文说。

在带领各族群众脱贫致富这条路上，叶廷文任劳任怨，他把党的嘱托、群众的期盼，化作无穷的动力和满腔的热情，洒下滴滴汗水，奉献全部心血，用自己的努力，践行着一名共产党人的初心和使命。

爱上这片热土

李金芳从山西来到宁夏中卫创业40多年了。40多年来，在宁夏这片热土上，她深深感受到各族群众和睦相处的温暖，也融入这片热土，用心用情做好自己的事业。

1978年，改革开放催生一轮创业潮，一批年轻人开始离乡创业，李金芳就是其中的一个。40多年来，李金芳跑过运输，摆过地摊，修过钟表，当过工人，最终在中卫落脚。20世纪90年代，李金芳在中卫创立了自己的第一个"冰雪工厂"——金凤雪糕厂。李金芳挑起厂子管理和经营的重担，进原料、求技术、跑市场，白天送货搞运输，夜间进厂抓生产，雪糕厂就这样慢慢发展起来。1998年，李金芳成立了川银冷冻食品有限责任公司，注册了"不倒翁"商标。2010年，李金芳在宁夏红科技园新建了中卫市金帝冷冻食品有限责任公司，成为中卫知名的企业家。

艰难创业史　坎坷人生路

李金芳的创业之路不是一帆风顺的。多年前，很多老中卫人都见过一个 20 岁出头的姑娘，整天开着四轮拖拉机到处拉运煤球煤块的情景。一个姑娘家，浑身乌黑，就像刚从煤井爬出来，误会者有之，嘲弄者有之，叹惜者有之。她没有在乎这些声音，依然在城市乡村之间拉货、送货。她也爱美，也想像多数同龄女子一样穿着漂亮衣服，收拾得鲜鲜亮亮，花儿一样开放。可她心里装着大目标，和简单的外表美比起来，她更在乎的是奋斗的美、劳动的美。她把女孩的那些爱好都丢在脑后，只想扎扎实实、勤勤恳恳闯出一条能解决一家人生活用度、能惠及他人的新路。

经过多方考察、研究，李金芳决定开办一家供应中卫地区的冷饮企业。1991年，她租借西关村部兴办冰棍厂，冰棍机买回来了，办厂的房子租下来了，工人和技术人员也都招募到了，小规模的纯手工冰棍厂终于投入运营了。然而让她做梦也想不到的是，天气忽然转凉，冰棍没了销路。如果硬撑下去，原料、人工成本将让她血本无归。经历了那种欲哭无泪的绝望后，她思虑再三，不得不暂停冰棍厂的生产、销售，工人放假，厂门上锁。

李金芳天生是个闲不住的人，在冰棍厂关门歇业的日子里，她又在县城西大街租了一间门面房，修过表、做过凉皮、卖过早点。无论做什么，她都想尽心尽力地做好，但生活一再跟她开玩笑，这些营生到头来都挣不到多少钱，倒使得她身心疲惫。她的双脚因劳累过度而发肿，五个脚趾几乎粘在一起了，可她依然顾不上爱惜自己的身体。就这样，她咬牙坚持了3年，所有的付出终于换来回报，这段经历磨砺了她百折不挠的创业斗志，练就了她吃苦耐劳的坚毅品行，也为日后雪糕厂的再次起航积累了十几万元保障金。

经过数年的沉淀和积累，李金芳独资创建川银雪糕厂，工人多了，销路广了，方方面面的事情既繁琐又辛苦，她忙起来就没个歇缓的时候。在生产过程中，她亲自把控产品质量关，在牛奶、白糖等生产原料上决不掺假、不减料；在制作工序上一丝不苟，决不偷工、不放松，过硬的产品质量终于使她的雪糕厂声名鹊起，美味的雪糕深受消费者的欢迎。但是，因为李金芳缺乏品牌意识，没及时注册商标，她使用多年的厂名被另一家雪糕厂抢先注册。这件事情对她的打击不亚于当年冰棍厂被迫关门，就像自己辛苦养大的孩子突然被别人领走了。这让她痛苦万分，她一边苦心经营雪糕厂，一边琢磨商标的事。痛定思痛，雪糕厂重新注册了"不倒翁"商标。"不倒翁"系列雪糕、冰棍以崭新的面貌出现在消费者面前，一经推出，就迅速成为中卫及周边市县的畅销产品，一时间供不应求。为适应市场需要，李金芳对雪糕厂再一次"扩容"，员工不断增多，销量稳步增长，社会声誉也越来越好。

致富不忘本　关注民生苦

李金芳深深知道，企业的发展离不开党的好政策，也离不开各族群众的支持。"吃水不忘挖井人"，民营企业要有民营企业的担当。

有一年夏天，李金芳路过中卫市沙坡头区鸣沙村，村里的群众是从大山深处搬迁而来的，由于初来乍到，虽然政府划定了园区、建了房屋，但群众还没有固定的收入来源，生活比较困难。李金芳默默地看着这片移民区，突然对司机小许说："要是能让这些群众在大热天里吃到我们的冷饮就好了，起码能替他们消消暑、解解渴。"小许说："这些村民舍家撇业从山里迁到这里，虽说房子都是政府统一盖的，可花钱的地方还有很多，一时半会又没个来钱的路子，哪有闲钱花在不能当饭吃的冷饮上？"李金芳若有所思地说："是啊，这里的群众连衣食都有困难，别说吃冷饮了，我们做企业的，不能只看见眼前的小利，必须要有大胸怀、大格局。"

李金芳觉得，一个民营企业要想取得长足发展，必须要替政府分忧，帮助困难群众解决生计问题。

想做就做，李金芳不想给自己留有遗憾。她立即召集大家开会研究对口帮扶鸣沙村的事。最后决定，对鸣沙村帮扶脱贫必须是从源头到长远的帮扶，包括免费投冷柜、以成本价供货、吸收剩余劳动力招聘到公司上班等。会后，李金芳督促相关人员逐个拿方案、抓落实。

公司先后向宁夏、甘肃等贫困地区免费投放冰柜4000余台，帮扶创建商铺3000余户，长期以成本价供货，带动每户商铺每年创收5000元到20000元。同时，公司每年在开产前专程前往周边贫困地区，吸纳各族群众到公司工作。公司还与律师事务所合作，成立妇女维权工作站，免费为困难职工提供法律援助。

发挥光和热　绽放团结花

开展结对帮扶、助力民族团结是李金芳和她的公司的一项重要工作。

公司在发展的同时，成立了困难救助基金会，帮助生活困难员工。除此之外，李金芳还安排下岗职工、失地农民、退伍军人等 300 余人在企业就业。

公司职工小马因情感受创，得了精神疾病，情况危急，李金芳得知后马上将其送往医院救治，由于得到及时的医治，小马得以康复，但是治疗费用又使家里陷入困境。李金芳带领公司员工捐助 8000 多元，帮助她渡过难关。汶川地震使员工杜文元家里遭受重创，李金芳为其捐赠 4000 元，还倡导公司员工捐款捐物，帮他重建家园……

逢年过节、家庭困难职工子女考学时，李金芳都带领公司干部到职工家中慰问。当职工在学习、工作、生活中遇到困难时，她都会给予无私帮助。职工生病住院，她都会带领公司相关部门负责人前去看望，嘘寒问暖。像这样的爱心善举，在李金芳身上还有很多。

在李金芳的不懈努力下，公司实现年产值 2900 万元，带动了 6000 余人就业，每年投入各种帮扶资金 200 多万元。

经常有人劝李金芳不要那么傻，干好自己的事业就好了。李金芳不为所动，坚持"员工是企业的宝贵财富"的理念，解决员工后顾之忧，让员工获得更多归属感，她认为这是一个良心企业应尽的社会责任和义务。

一个都不能少

"控辍保学"见实效

2019年3月，史振华调任中宁县渠口中心学校校长，刚一上任，就碰上了难题。

3月8日，控辍保学专题会在渠口学校会议室召开，参会的学区各校长们神情凝重。

渠口九年制学校校长强吉鹏介绍本校辍学学生的情况，言语间满是无奈。他说："我们按照'千名教师访万家'的要求，利用傍晚时间，组织了5批次8个小组100余名教师深入太阳梁乡7个自然村、3个自由移民村开展劝返工作，收效甚微，阻力很大，一些村民不配合，甚至出言伤人。还有的学生来上几天学就又不来了，家长也不接电话，唉！一个字，难！"

听了大家的汇报，史振华皱紧眉头。稍后，他轻咳一声说："大家说的都是实情，我也深有体会，但如果我们设身处地地为这些孩子的将来想想，现在受点委屈都是值得的。'一个都不能少，一个学生都不能掉队'是总要求，把学生劝返就是我们的工作目标。"

当天，一个以史振华为组长，渠口九年制学校与太阳梁一小、二小、三小校长为成员的扶贫、控辍保学小组就成立了。工作中，史振华提出了自己的想法：第一，各学校必须联合乡政府、村委会、派出所进行联合劝返，四方联动，才能有效；第二，各学校以"千名教师访万家"活动为契机，进村入户逐一劝返；第三，加强学校内部管理，提高学校教学质量，组建音体美兴趣小组及社团，以优异的教育教学质量留住学生。

劝返工作全面展开了，学校领导、任课教师、乡村干部及扶贫包村干部、派出所联合劝返工作组每天早晨进村入户，耐心做好辍学学生和家长的思想动员工作。中午，大家则拿出从家里带来的馒头，边吃边讨论上午工作的进展情况、如何解决遇到的问题、下午的工作计划。傍晚回到学校则讨论当天的工作进展情况。对于那些已经同意让学生返校的家长，第二天一定要落实这些学生来校情况；对于那些依然不同意学生返校的家长，第二天一定要再次去家访。

唤醒孩子的上学梦

南塘村辍学学生保燕燕和保满是堂兄妹，学校领导、班主任老师多次到他们家做劝学工作，但收效甚微。一天下午，史振华会同驻村干部和村委会主任来到保燕燕家里，家长保得玉无奈地说："老师，这女子犟得很，就是不上学，我也没办法。"工作组的同志便耐心做保燕燕的工作，但她始终只有一句话："老师，我是真不想上学。"三个多小时过去了，毫无进展，大家无功而返。这天晚上，史振华辗转反侧，夜不能寐，担心保燕燕会离家去城市打工。她初中都没有毕业，没有一技之长，只是向往大城市的繁华，思想单纯的乡里孩子，很容易迷失自我，误入歧途。如果保燕燕去了城市打工，那么要劝她返回学校将会更加困难。第二天一大早，他又与校长和班主任，再次来到保得玉家，保燕燕有些感动了，她切切实实感受到了老师对她的前途和未来的关注，她说出了因为年龄偏大、学习基础差不愿意继续上初中的想法，"保燕燕，我知道你觉得年龄有点大，不好意思继续上初中，建议你去上职业学校吧！学一门技术就有一技之长，如果你愿意，我和教育局、职教中心联系，你先从学校开设的专业里面选择几个喜欢的，我们再协商。"朴实而真切的话语让保燕燕突然感觉鼻子一酸，眼睛有些湿润，是啊，其实自己真的没有想好辍学以后干什么，离开熟悉的校园到城市中，真的有自己想要的生活吗？多日来的困惑，多日来的迷茫都深深地刺痛着保燕燕的心，周围一片黑暗，没有方向，没有希望，也不知道该怎么选择。其实保燕燕从小有一个梦想，那就是当一名幼儿园老师，每天和天真可爱的孩子们待在一起。老师的话语让她在黑暗中看到一丝曙光，保燕燕激动地说："我想学幼教。可是，我真的可以吗？"史振华说："有梦想就要想方设法去实现，我们一起来实现这个梦想。"经过和教育局、职教中心协商，他终于为保燕燕落实了上学的问题。等到办好了保燕燕的入学手续，他才放心。

保满是一个见了数学、英语就头痛的孩子，但他对无人机产生了浓厚的兴趣。当了解保满的具体情况后，史振华不辞辛苦，多方奔走，为保满联系到了职教中心的无人机专业，得知他的生活费无着落的时候，又帮他联系到学校的食堂勤工俭学，解决后顾之忧。保满看着老师操纵遥控器的时候，感觉自己的心灵打开了一扇窗户，暗自下决心一定要好好学习控制无人机。老师告诉保满，我们要学习的内容不仅是如何控制无人机飞行，更重要的是要懂得无人机的工作原理，进而自己设计无人机的外形和飞行参数。这就需要我们先学好基础知识，这样我们才能控制无人机飞行到准确的位置执行工作任务。从此，每天早晨校园里多了一名刻苦学习的学生——他就是为了实现自己梦想而不懈努力的保满同学。

多措并举助复学

在对辍学学生摸排的过程中，史振华发现，马小沙等两名学生已在银川打工，经老师多次劝说，这两个孩子有了复学的愿望。史振华立刻联系到渠口派出所民警、村干部，并派班主任一同前往银川，成功劝返了这两名学生，并帮他们要回了半个月的工资。

初二学生安龙辉家住铁路新村，自小学四年级起就不写作业，隔三岔五逃学，上初中后更是变本加厉，不服管教。学校领导带队多次上门劝返，其父母均不予理睬，甚至对老师出言不逊。史振华了解情况后，一方面耐心开导教师，安慰他们："教师是人类最崇高的职业，能包容一切。一个也不能少，是我们的义务所在，受点委屈没什么，因为我们选择了教师这个职业，也就选择了奉献。"一方面，他积极与太阳梁乡、渠口派出所、县民政局联系，形成合力，从政策、法律层面对其家长进行教育，最终达到了劝返复学的目的。

2020年3月，史振华校长组织学区各校长召开以"助学、督学"为主题的会议，在全学区开展"我为贫困孩子献爱心"活动，号召广大教职员工尽其所能帮助家庭困难学生。三天之内，210名教师就捐款23866元，学校全部用来购买米、面、油、学习用品等物资，送到了600多名贫困学生家里，鼓励孩子们克服困难、好好学习。

"精诚所至，金石为开。"新海村的海婧婧、冯丽芳，新渠社区的马波等孩子在他和班主任老师的努力下，一个个都回到了学校，回归了课堂。

在走访农户的过程中，他发现有些残疾孩子没有入学，便立刻安排辖区学校幼儿园与县残联、太阳梁乡各村、社区、医院配合进行排查，积极对接残联落实残疾儿童的扶助政策，联系县特殊教育学校帮助符合条件的残疾儿童入学，其中程度较重的残疾儿童由特教老师到家送教，程度较轻的残疾儿童则到辖区中小学随班就读，他和他的同事们用行动诠释了什么是"一个都不能少"。

孩子们劝回来了，史振华又在考虑这样一个问题：劝返复学的孩子大多都是因厌学而辍学的，劝来了，如何才能留得住？他又马不停蹄地与老师、学生们座谈，确定了因势利导，以兴趣爱好为抓手，成立兴趣社团的办法。经过精心安排，各学校都成立了兴趣社团。太阳梁一小的棋类兴趣社团、音乐兴趣社团，太阳梁二小的篮球社团、乒乓球社团，太阳梁三小的跆拳道社团、射击社团，渠口九年制学校的篮球社团、国学经典诵读社团、合唱社团、综合实践社团等如雨后春笋破土而出。各种社团活动的开展，使孩子们的课间生活丰富多彩，既锻炼了身体，增强了自信，又感受到了学校生活的快乐充实。

和史振华熟悉的人经常问他，你都快要退休了，还这样努力工作，图什么？他总是微微一笑："我到移民吊庄地区工作了17个年头，来这里居住的村民就是因为原来的居住地都是大山，村里的井只有在雨水多的季节才有水，其他时间都只能到沟里担泉水喝，每天天不亮先到沟里担水，把水缸装满了才能安心干其他活。没有水泥路，家门口的土路一遇到暴雨就会被冲毁，暴雨过后的第一件事是先修土路。祖祖辈辈都是农民，耕地种田只能在风调雨顺的时候收到粮食，遇到天旱，可能连种子都收不回来。村民搬迁到这里是想要吃饱肚子。现在肚子吃饱了，如果孩子不读书，也只能和父母一样解决温饱问题。老话说得好，地瘦栽松柏，家贫子读书，看到一个个失学儿童返回校园，我心里就觉得这是我从教 30 年来最大的快乐！"

　　三十载春秋，史振华为移民地区的教育发展奉献了爱心、智慧和青春，用自己的真情和实际行动谱写了一曲生动的民族团结进步之歌。

丹心育桃李　芳华绽讲台

　　执一段粉笔，用心教学；站一方讲台，潜心育人。从教 31 年，她高擎知识火炬，传道授业，指点迷津；她静守岁月流年，燃灯引路，育人无声。她就是石嘴山市实验中学副校长丁红梅。

　　丁红梅 1969 年出生于石嘴山市平罗县，特级教师，曾在乡村地区任教 20 年，2018 年被自治区党委和政府授予"民族团结进步模范个人"称号。

千淘万漉虽辛苦，吹尽狂沙始到金

1990 年，年仅 21 岁的丁红梅从上海技术师范学院毕业，她没有留恋大城市的繁华，毅然回到了家乡，奔赴"当一名合格的人民教师"的人生理想。

平罗县灵沙中学思想政治课教师，这是丁红梅的第一个岗位。学生们年龄参差不齐，有些学生因为入学迟，年龄竟和她这个新来的老师不相上下。很快，学生们就和这个爱说爱笑、活力四射的年轻老师打成一片。丁红梅住宿舍，自己做饭吃，有时候她就把因家远不能回家吃饭的学生叫来一起吃饭。久而久之，学生们都把丁红梅当成了亦师亦友的知心朋友。

3 年后，丁红梅因结婚调动工作，到平罗县太西中学继续任教。在随后的十多年里，她又相继辗转到平罗县二闸中学、石嘴山市第七中学等多个学校工作。不论身处农村还是城市，丁红梅始终在教育的"田地"里勤勉耕耘。

2008 年，丁红梅被派往平罗县黄渠桥中学支教一年，同时还要兼顾二闸中学的工作，不得不在两所中学之间来回奔波。每天早晨，丁红梅骑自行车五六里地到二闸中学上班。中午赶回家吃过午饭后，她来不及休息，又匆匆忙忙赶公交车去黄渠桥中学上班。她的家在平罗县东边，而公交车临时停靠点又在北门市场附近，这中间的路程就只能步行。

即使每日舟车劳顿，也没有减弱丁红梅饱满的工作热情。下午自习课时段，很多老师都在办公室批改作业，丁红梅却走进教室为学生们辅导功课。许多学生对思想政治课的印象是枯燥乏味，但是遇到丁老师后，他们改变了这种认识。丁红梅把时事新闻、社会热点等融入教学中，贴近生活、富有趣味，所以学生们听得津津有味。她还善于制造话题，引导学生主动参与讨论、培养思辨能力。功夫不负有心人，一年支教下来，黄渠桥中学在全县思想政治课统测考试中名列前茅。

初到石嘴山市第七中学任教，丁红梅发现，有些住校的学生学习态度消极，课堂上时常发呆走神。她私下里找这些学生谈心时了解到，这些学生来自矿区，因为家庭等原因缺少亲人的关怀和照顾，也缺乏学习上的自信。从这以后，丁红梅不仅给予这些学生亲人般的关心，而且更注重鼓励他们。在他们的作业本上，常常有丁老师鼓励的话语："你今天表现非常棒！""你进步了，继续加油！"

鼓励是一把神奇的钥匙，能打开孩子自信的大门，让曾经失落的孩子重拾微笑，在学习的路上大步向前。这一年的中考，丁红梅所带毕业班的思想政治课平均分远远高出全市平均分。

工作单位换了一个又一个，丁红梅的敬业精神却丝毫没有改变。她对待每项工作精益求精，课堂上循循善诱，课堂外精心辅导，晚上还要备课、批阅作业、整理资料……

付出的是汗水，收获的是成绩。丁红梅所任教班级的教学成绩一直很优异，她也因此一直承担毕业班的教学工作，并连续多年被市、县人民政府评为"优秀教师""模范班主任",还先后被授予自治区"特级教师""骨干教师""优秀教育工作者"等称号。

从教之路上,荣誉始终伴随着丁红梅,她却没有陶醉,没有骄傲,始终保持着清醒的头脑,以谦虚谨慎的态度和爱岗敬业的精神执守在三尺讲台。

春风化雨润无声,桃李不言自成蹊

"每个学生都渴望得到老师的关注和赞赏。作为教师,及时给学生一个满意的微笑,一个鼓励的眼神,一句由衷的赞叹,它们会像春雨一样滋润学生的心田。尤其是那些对生活失去信心的学生,可能会永远记住这一瞬间,并将它视为希望的火种。"这是丁红梅的论文《爱心,教育成功的奥秘》中的一段话,它真实反映了丁红梅的教学思想。工作中,她始终怀着一颗火热的心去热爱学生、关心学生,使他们感受到老师真诚的期待和理解，并将它内化为学习上的驱动力，奋力向前。

学生马涛是家里三代单传的独苗，从小娇生惯养，在家里是"小皇帝"，要什么家长给什么；在班里是"小霸王"，撒野、胡闹，经常欺负同学，迟到、旷课更是家常便饭。任课老师和同学对他很头疼，三天两头有家长来学校告状。丁红梅找马涛谈心，他沉默以对，背后却宣扬"班主任想管我，做梦"。面对这个捣蛋的学生，有人说："算了吧！像这种不可救药的学生，教育也是做无用功，还是由他去吧。"但是丁红梅做不到，因为她深知教书育人是教师的天职，育人甚至比教书更为重要。

从这以后，丁红梅经常有意接近马涛，课间休息、课外活动、放学回家的路上，她充分利用每一次机会和他谈学习，谈生活，谈他感兴趣的事。刚开始，马涛对她存有很强的戒备心理和排斥情绪，但她并未因此放弃，而是更加耐心地引导他、鼓励他。"苦心人，天不负"，丁老师锲而不舍的关爱终于感化了马涛，渐渐地，师生之间的谈话由被动变为主动。马涛也愿意向丁老师吐露心事，倾诉他内心的困惑和愧疚。短短两个月，他像变了一个人，学习一天一天在进步……

"是什么力量把一个人见人烦的学生变成人见人爱的学生？是爱！爱是阳光，可把坚冰融化；爱是春雨，可使枯草发芽。教师饱含爱护和信任的眼光，哪怕仅仅是投向学生的一瞬，年幼的心灵也会映出美好的图景。"

马涛的变化让丁红梅思绪万千。实践出真知，她深刻地认识到，教师发自真心的爱是教育学生的感情基础，是唤醒、激励、鼓舞学生的号角，是化解师生间隔阂的暖流，更是润物细无声的绵绵春雨。

"沟通产生理解，理解产生信任。所以老师只有增进与学生的沟通和理解，才能让学生亲其师信其道。"丁红梅是这么说的，也是这么做的。当学生的思想行为发生偏差时，她以呵护学生的成长为己任，对学生"动之以情，晓之以理"，点燃学生进取的火花，引导他们开朗自信地面对学习和生活，为他们的终身发展打好基础。

学生高程，父亲病故，母亲改嫁，缺少家庭温暖的他时常情绪低落，有时候行为偏激。有一天，高程同桌做操前将手表放在课桌抽屉里，回来后发现手表不见了。同桌怀疑是高程偷走了他的手表，两个人在争吵中厮打起来。就在同学们纷纷主张翻书包搜衣兜时，丁老师及时赶到教室。此时的高程低着头，一副准备接受训斥的样子。出乎意料的是，丁老师并没有训斥高程，而是对同学们说："这件事情我来处理。"

中午，当四下里都没人的时候，丁老师把高程叫到了办公室，拍着他的肩膀说道："老师不相信你会偷东西。你也许出于好奇和喜爱想看看，为什么不向同学们解释清楚呢？退一步想，你们就像正在成长的小树苗，出现枝枝杈杈在所难免，只要及时将长歪的枝杈砍掉，并不影响成为参天大树……"

第二天，高程送来一个装有手表和纸条的信封，纸条上写道："老师对不起，虚荣心使我拿了别人的手表。那天您只要翻翻我的书包就能找到证据，但是您没有。我不愿承认是怕您从此瞧不起我，感谢您，您的理解让我悟出一个道理：做人要正直。"这件事以后，丁红梅对这个特殊的学生倍加关注，小心翼翼地保护着他，经常找机会与他谈心，鼓励他学习，关心他的生活，渐渐地，他的性格有所转变，学习勤奋了，成绩也提高了。

丁红梅就是这样一位教师，教书不忘育人。她全身心地爱着每一位学生，经常深入到学生当中，了解学生的性格特点、兴趣爱好，把握他们的所思所想，根据学生的个性差异因材施教，把爱的阳光洒进每个学生的心田。

"当一名合格的人民教师"，为了这个朴素的梦想，丁红梅倾注了全部的时间、心血，营造了最受学生欢迎的思政课堂，教给了学生受益一生的世界观、人生观、价值观和辩证思维方式。

每年寒暑假，都会有不同年龄段的学生来探望丁老师，与她谈学习、谈心事、谈理想。从孩子们信任的眼神和肯定的话语中，丁红梅感受到了莫大的慰藉，她觉得一切付出都是值得的。

新竹高于旧竹枝，全凭老干为扶持

丁红梅在教学上勤奋钻研、勇于摸索，丰厚的知识底蕴和虚心求学的精神，使她形成了自己独特的教学风格。她非常重视收集典型教学案例，善于反思总结课堂教学得失，而且笔耕不辍，教科研成果丰硕，共有49篇论文、教学作品获奖。

2011年，丁红梅就任石嘴山市实验中学副校长，并一直担任九年级思想品德课的教学，同时积极承担青年教师的培养工作。

"一花独放不是春，百花齐放春满园。"2012年，丁红梅被推荐为"学科带头人工作室主持人"，她深感责任之重，始终把年轻教师的发展放在第一位，甘当铺路石。她从不吝惜自己的点滴经验，毫无保留地将自己多年积累的教学经验和教学方法积极地分享给年轻教师，促进他们更好地成长。在她的指导带动下，石嘴山市实验中学的年轻教师成长很快，很多人都成为学校的教学骨干和中层干部。

2019年，"丁红梅学科带头人创新工作室"挂牌，她将青年教师的培养工作扩大到全市，在全市范围内开展学科指导工作。她每学期都执教示范课教学，通过"物化"的"课堂教学行为与过程"诠释并体现自己的教学思想和教学理念，为教师提供感性、直观的交流平台。她经常深入课堂听课，课后与授课教师交流探讨，充分肯定他们教学中的闪光点，实事求是地指出教学中的不足，耐心细致地帮助他们分析问题，并提出改进建议，使教学指导有的放矢。她组织开展教师间的同课异构、双向听评课等研讨活动，促进教师之间教学相长，提高专业能力。

在丁红梅的指导下，工作室培养了一批骨干教师，很多青年教师在各级各类比赛中脱颖而出，取得佳绩。石嘴山市实验中学贾颖获第十八届全国信息技术与学科教学融合创新模拟展示课一等奖；石嘴山市六中常建红承担自治区"空中课堂"录制并多次获自治区、市级优质课一等奖；平罗县五中谢娜被平罗县教体局授予首届金牌思政教师及思政名师工作室主持人……

工作室成立以来，丁红梅组织开展了一系列卓有成效的教育教学活动，真正发挥了名师骨干教师的模范带头、示范引领作用，得到全市教育行业的肯定与赞赏。

躬耕德育教育田，浇灌民族团结花

丁红梅说："育人胜过育苗，这人要是育不好，不是误一茬误一年，而是误一辈子。"作为一名教育行业的"园艺师"，她格外看重对学生的思想道德培育。同时她身体力行向各族师生、家长传递党的民族政策，为积极创建民族团结进步示范学校尽心尽力。

一次国旗下的讲话、一堂主题班会课、一面宣传栏、一期黑板报、一张手抄报、一条宣传微信……这些都是丁红梅开展民族政策常识宣传的有力阵地。丁红梅注重将民族团结教育和学校德育工作、学科教学有机融合，主动团结并引领身边各族师生手拉手，心连心，像石榴籽一样紧紧抱在一起，共同提高教育教学质量。她带领德育处、团委等抓住校园文化艺术节等教育契机，以"中华民族一家亲，同心共筑中国梦"为主题，开展专题讲座、主题班会、演讲比赛、课本剧展演等丰富多彩、寓教于乐的主题教育，增强了师生维护民族团结的责任感和自觉性。

在丁红梅的带领下，石嘴山市实验中学先后获 50 佳道德讲堂、石嘴山市民族团结进步创建示范学校、文明校园、未成年人思想道德建设工作先进集体、家庭教育工作先进集体等荣誉。

如今，丁红梅依然站在讲台上，守护着她的学生……

（文中学生姓名均为化名）

讲好中国故事
传播中国文化

"我们一定要打造属于我们中国自己的外宣平台，讲好中国故事，传播中国文化。"这是张时荣时常挂在嘴边的话，也是他十年来一直坚持做的事情。

十年磨一剑　砺得梅花香

张时荣还是大学教师时，在参加中阿博览会时发现，许多"一带一路"沿线国家参会的人员迫切需要论坛活动的翻译资料。这让一直想从事文化产业经营的张时荣找到了方向，他和合伙人马永亮一拍即合，自筹资金成立了智慧宫。

如今的智慧宫文化产业集团有限公司，业务遍布阿联酋、埃及、沙特等 22 个阿拉伯国家和中亚、东南亚等 8 个国家。

但是，回首过去，无论是张时荣，还是他带领的智慧宫，一路走来并不容易。

2011 年，张时荣准备辞去稳定的教师工作，专心经营公司，遭到妻子的极力反对，家庭矛盾一再升级，连岳父都出面来劝。

为了让家人放心，张时荣鼓足干劲，想要一展抱负，现实却泼了张时荣一盆冷水，虽然陆续为"一带一路"沿线国家翻译出版了一些会议资料、企业介绍等，但由于中阿博览会两年一届，没有权威渠道，订单无法形成规模。为了多一些订单，张时荣和公司合伙人甚至满街贴广告。到了 2013 年 8 月，公司陷入入不敷出的艰难境地，长时间的工资拖欠，以及前途渺茫，人心有了变化。"不如散了吧。"从心中所想，变成了口中之言。张时荣陷入了迷茫，他明明感觉到了前景广阔，一路走来却艰难窘迫。于是，他对自己，也对一路走来的同伴说，再坚持一年吧。这个时候的张时荣坚决中带着些破釜沉舟的意味。

2013年9月，习近平总书记提出"一带一路"倡议。张时荣和他的智慧宫正式从"预跑区"进入"接棒区"，拨开云雾见明月。在第二届中阿博览会期间，智慧宫承办了中阿合作人才培训大赛，还与人民日报出版社、外文出版社等机构正式签约，事业有了转机。

面向世界大舞台　传播中国好声音

翻译出版是智慧宫的起点，也是没有终点的坚持，为了讲好中国故事，传播中国文化，张时荣秉承着高度政治责任感，组织团队翻译出版、推广《习近平谈

治国理政（阿拉伯语）》第一卷、第二卷、第三卷，
《习近平用典（阿拉伯语）》（第一辑）（第二辑），
《习近平——复兴之路（阿拉伯语）》（埃及出版）
等 36 种主题类图书。截至 2021 年，智慧宫翻译出版
阿拉伯文图书 1360 余种，占到中国面向"一带一路"
沿线国家市场近九成，译配、制作、推广影视动漫
220 部，搭建了"一带一路"文化交流的宁夏通道。

随着中国国际地位的提高，越来越多的人想认识
中国、了解中国，想学习汉语的外国人也在逐年增加。
面对阿拉伯国家学习中文的需求，张时荣又一次抓住
机会，在 2018 年提出了"一国一纲一体系"的构想，
并亲自带领中外团队研发针对阿拉伯国家 K1–K12 纸
质教材、数字化课件，开发智慧学中文 App，不仅可
以提供线上学中文，还完成标准化录播课程。

一切都是"摸着石头过河"的探索状态，可想而
知这条道路走得有多艰难，但是张时荣和他的团队都
咬牙坚持住了。"智慧学中文"的诞生开启了阿拉伯
世界中文教育第一品牌之路。2021 年 8 月，中外语言

合作交流中心正式将"智慧学中文"作为阿拉伯国家学习中文的指定教材。

坚定理想　使命担当

张时荣始终对自己有一个要求，向世界传递更多的中国正能量。

疫情防控期间，张时荣带领智慧宫，联合中国外文局等单位出版了《新型冠状病毒肺炎防护手册（阿拉伯语版）》《中国抗疫纪实（阿拉伯语版）》《站住！病毒怪——新型冠状病毒儿童科普绘本（阿拉伯语版）》，将中国抗疫经验在海外社交媒体、官方网站以中、阿双语形式向"一带一路"沿线国家进行了传播，覆盖用户达 68 个国家，智慧宫人以独特的方式，为全球抗疫送上了中国"药方"。

张时荣明白，新形势下国际化人才是传播中国故事和中国声音的实践者和发声者。在公司内部，他积极打造人才培养课堂，进行浸润式培养。他不厌其烦地告诉每一个员工要把国家利益和国家形象放在首位，对于世界优秀的文化成果抱着欣赏包容的态度，同时更要对中华文化的独有魅力充满自信。

前路有光　初心不忘

十年光阴荏苒，张时荣带领着智慧宫，一路披荆斩棘，勇往直前，始终不忘初心。张时荣多年来坚持做好中阿交流的友好使者。他不满足于只让中华文化走出国门，他更要让中华文化进入"一带一路"沿线的寻常百姓家。

为了多层次推动中华文化的国际传播，扩大外宣平台，张时荣带领智慧宫陆续开发打造了文化图书出版、影视动漫、互联网＋国际中文教育、国际投资四大核心业务板块。

经过多年的辛勤奋斗，张时荣得到了社会各界的认可，2018年9月，被宁夏回族自治区党委和政府授予民族团结进步模范个人荣誉称号。

在张时荣的带领下，智慧宫获国务院"全国民族团结进步模范集体"，2015年至2021年，连续四届被商务部、文化和旅游部等5部委联合评为"国家文化出口重点项目和重点企业"，2022年2月，智慧宫被商务部等7部门推荐为语言服务出口基地，是西北唯一一家获此殊荣的企业。

张时荣始终相信只要坚定信念，前路一定有光。

巾帼红中的"她力量"

宁夏回族自治区妇联妇女发展部是自治区妇联机关的一个重要业务组成部门，虽然只有 6 名干部职工，却承担着组织动员全区城乡妇女参与经济社会发展，帮助妇女提高科技文化素质和生产技能，助推妇女创业就业、增收致富以及执行妇女儿童社会公益慈善项目的职能。

担保农村妇女创业贷款助脱贫

　　43 岁的回族妇女马菊莲，是 20 世纪 90 年代初从南部山区泾源县搬迁到银川市金凤区良田镇金星村的移民，她从不到 20 岁起就开始在村口摆摊卖凉皮。马菊莲待人热情，凉皮味道好、价格实惠，生意一直不错。她有个心愿，就是能开一家自己的凉皮店。2015 年，良田镇妇联主动联系马菊莲，为她办理了 3 万元的农村妇女创业担保贷款，马菊莲终于在金星村村口租起了营业房，开了第一家店——铁桥菊莲凉皮店。两年后，马菊莲不但按期还清了贷款，同时又申请到 7 万元妇女创业贷款，在良田镇商业街开了一家凉皮店。现在她已经有了三家凉皮店，还成立了凉皮加工厂。马菊莲不但生意做得红红火火，还带出了 40 多名徒弟，帮她们共同致富。

　　和马菊莲一样，家住隆德县城关镇红崖社区的王彩兰、潘娟娟婆媳俩这两年也办起了红红火火的农家乐。婆婆王彩兰说起现在的日子，脸上洋溢着幸福的笑容："前几年政府把我们村提升改造为旅游村，儿媳动员我申请了5万元农村妇女创业担保贷款，尝试经营我们本地特色的暖锅店，办起了'客满堂农家乐'。经过几年的发展，现在生意越来越好，感谢党和政府的支持，感谢妇联的帮助，我们的日子越过越好。"

　　"2020年4月，我得到县妇联5万元妇女创业担保贷款，当年就挣了4万多元。更欣慰的是，父母不再是留守老人，孩子也不再是留守儿童。"隆德县神林乡双村的马月琴感慨道。如果不是妇女创业担保贷款，农历春节一过马月琴就要外出打工，每次出门最让她揪心的是和父母、孩子离别的那一刻。她和丈夫在外打工5年，老人和孩子无人照看。2020年4月，她申请到5万元妇女创业担保贷款后，建了15个蔬菜拱棚，现在银行有存款，手里有钱花，快乐地与老人、孩子生活在一起。同心县丁塘镇小山村41名妇女联

名申请到妇女创业担保贷款 151 万元，购买了 2517
只羊羔，仅此一项户均年增收 2 万元，妇女创业担保
贷款让她们找到了致富路，也找到了自信。

马菊莲、王彩兰、马月琴等所说的农村妇女创业
担保贷款，就是由自治区妇联妇女发展部主抓主推的
一项重要惠民工程。2011 年以来，按照全国妇联等有
关部委的要求，农村妇女创业小额担保贷款工作首次
在宁夏启动实施，自治区党委和政府下发了《关于开
展农村妇女创业小额担保贷款工作的实施意见》。这
项工作连续三年被列为自治区政府 10 项民生计划为
民办 30 件实事之一，成为深受广大妇女群众欢迎的
暖心工程和民心工程。截至 2020 年年底，全区累计
发放农村妇女创业贷款 126.09 亿元，累计贴息 9.5 亿
元，贷款回收率达 99.9%，扶持 21.7 万人次妇女增收
致富，受益人数超过 100 万。其中，宁夏南部山区贫
困县发放贷款达到 55.6 亿元，扶持农村妇女达 10.63
万人次，每户仅贴息一项平均增收达 4300 多元。

许多山区农村妇女第一次有了自己的印章，第一

次以自己的名义拿到了创业贷款，伴随着家庭产业不断扩大、妇女收入增加，妇女的自强自立意识被唤醒，妇女的家庭地位、经济地位、社会地位明显提升，妇女的精神面貌焕然一新，对未来的生活充满了无限希望，也吸引了部分男人返乡和妻子共同创业，既兼顾了家庭、老人和孩子，又有效解决了农村老人和儿童的留守问题，进一步促进了民族地区经济发展和社会和谐稳定。

关爱妇女惠民政策暖人心

如何最大限度地帮助贫困地区群众特别是广大妇女改善生产生活条件、提升生活质量，是自治区妇联妇女发展部一直深入思考并着力解决的一个主要问题。

结合民族地区妇女及其家庭经济发展情况和实际

需求，近年来，自治区妇联妇女发展部争取全国妇联、中国妇女发展基金会及社会各界各类惠民项目资金超过 2 亿元，实施各类惠及妇女儿童的公益慈善项目共26 个，其中 75% 以上的项目、资金投放到中南部干旱带贫困地区。"母亲水窖""母亲健康快车""母亲邮包""春蕾计划"等品牌项目，帮助全区特别是贫困地区妇女解决了饮水困难，改善了生产生活条件和医疗卫生环境，促进了妇女创业就业、增收致富。

银川市贺兰县金贵镇村民小华是一名患癌妇女，她说："这些年我看到、听到一些农村妇女患了'两癌'，为了看病负债累累，最后人财两空。"三年前，妇联联合人寿保险公司推广"爱妮保"，当时很多农村妇女不相信，觉得不会有那么好的事，交100 块钱能干什么啊，很多人都在观望，当时任村会计的她带头交了保险费。2019 年 11 月初，小华被诊断出得了乳腺癌。手术后，正当她为后期的治疗费用发愁时，村妇联主席告诉她："你还交着'爱妮保'呢，你的保险理赔金有 10 万元。"小华流着泪说：

"感谢党和政府,在我最困难的时候送来了理赔金,真是雪中送炭。"

中卫市沙坡头区滨河镇的香香也是一名患癌妇女,子宫切除后,身体一直不是很好。2020年4月,香香成了中卫市妇联"两癌"救助关爱项目的受益者。负责项目的两位社工邀请她参加养生保健操的学习以及团体心理辅导活动,香香感受到了妇联娘家人一般的关爱,心里有力量了,也没有那么慌了。香香想把这份爱心传递下去,她找到社区妇联主席加入了志愿服务队,和大家一起参加各种志愿服务活动。2021年4月8日,在全区巾帼健康行动推进会现场,香香激动地说:"'两癌'关爱项目就像一颗会发芽的种子一样,让我对生活有了新的期待和希望。国家政策一年比一年好,关注关心我们的人一年比一年多,我觉得今后的生活会越来越好,希望更多的姐妹能在党和政府的关怀下,更加幸福地生活。"

小华和香香都是自治区妇联"两癌"救助关爱项目的受益者之一。从2009年开始,宁夏妇联联合卫生部门在全区开展农村妇女"两癌"免费筛查工作，目前，已实现 22 个县（市、区）农村妇女"两癌"筛查全覆盖。据统计，通过全国妇联和自治区政府民生共救助"两癌"患病妇女 5927 人，发放救助金 5927 万元，先后投入资金 222 万元，为 850 名"两癌"患病及特殊困难妇女提供专业的心理疏导等关爱服务。在配合卫生健康委开展农村妇女"两癌"免费筛查项目的同时，自治区妇联还争取中国妇女发展基金会和福建省妇联项目资金 253 万元，为 1.9 万名城乡贫困妇女进行"两癌"筛查。

2017 年，自治区妇联与中国人寿宁夏分公司共同启动关爱妇女"爱妮保"工作，对有七种妇女癌症赔付的患者给予优惠的商业保险，帮助解决患癌妇女经济上的困难，让患癌妇女得到及时有效的医疗救治。"爱妮保"工作开展以来，全区 56.23 万人次妇女参保"爱妮保"，已经有 1956 名"两癌"患病妇女受益，获赔金额 5924 万元。这不仅为广大妇女构建了一张健康保障安全网，而且为家庭和谐筑牢了根基，也为建设好经济繁荣、民族团结、环境优美、人民富裕的社会主义现代化美丽新宁夏贡献巾帼力量。

金融"活水"润沃土

巍巍贺兰山下，滔滔黄河岸边，在被誉为"塞上小江南"、西北鱼米之乡的平罗县，有这样一支队伍，他们心怀赤诚之心，手捧金融"活泉"，为各族群众送政策、送资金、送温暖，以实际行动做民族团结和乡村振兴的守护者。这支队伍就是石嘴山市民族团结先进单位——平罗农村商业银行，而这支队伍的领头人正是全区民族团结进步模范个人苏义学。

打通产业扶贫的"输血"通道

阳春四月，平罗县红崖子乡红瑞村春光明媚，四通八达的柏油路环绕村庄。车行 60 公里，从县城到红瑞村，这条路苏义学已经走了上百趟，因为这里有他挂念的"亲人"，而这些"亲人"都是苏义学到平罗县工作后认下的。

2010 年以来，共有 5364 户 27000 余人先后从宁夏南部干旱山区迁移到红崖子乡和陶乐镇三个移民村安家落户，其中有建档立卡的贫困户 2132 户。

苏义学是土生土长的西海固人，他曾在心底立志：一定要竭尽所能帮助贫困百姓。到平罗县工作后，苏义学将金融精准扶贫作为一项政治任务来抓，他带领员工加强与县委、县政府相关部门的沟通协作，扎实开展金融扶贫工作。

车子在红瑞村村民马堆良家门口停下来。马堆良看到下车的人，一眼认出是苏义学，立马热情地出门相迎。

"苏行长,你又来看我们了,从我们搬到这里,就数你们上门的次数最多了。"65岁的马堆良高兴地指着羊圈里的20多只羊说:"你看,这几年年年贷款,年年买羊,赶上行情好,经济状况也跟着改善了很多。"站在羊圈旁,苏义学和马堆良拉起了家常。

2012年刚搬到红瑞村时,马堆良家是村里出了名的贫困户,儿子从小残疾,老伴患有风湿病,马堆良自己也患有多种慢性疾病,一家三口靠低保和帮扶资金生活。

2016年,苏义学在走访贫困群众时了解到马堆良家的困难,同时听闻马堆良作为一名老党员、老退伍军人,一直在外打工养家糊口,尽量不给政府添麻烦。

"老哥,你是为国家做过贡献的人,现在遇到困难了,该我们为你做点事情了。"很快,苏义学协调工作人员按照程序为马堆良进行授信贷款。几年来,平罗农商行累计为马堆良发放扶贫贷款12万元,帮助他通过发展养殖业拓宽增收渠道,让他的生活有了光明，充满希望。

在位于平罗县河东地区的宁夏瑞丰源牧业有限公司（简称瑞丰源），12000多头牛卧在柔软的细沙上，吃着有机牧草，喝着黄河水，呼吸着新鲜空气。2019年，瑞丰源选择了这片面迎黄河、背靠沙漠的净土，成为平罗县15万头奶牛养殖园区的入驻企业。然而，因为瑞丰源是外地招商引资进入平罗县发展的，县域内无任何抵押和担保，银行融资较为困难。

"瑞丰源是全市奶产业发展的先行军和主力军，也是未来河东地区各族群众的就业保障，不能让企业在资金上被'卡住脖子'。"苏义学亲自对接担保公司及政府专项基金，以解决企业融资难问题。经过多次调查了解，瑞丰源符合石嘴山市科技型企业贷款条件。苏义学第一时间协调对接石嘴山市科技局，推荐企业办理"科技创新贷"。2020年5月，1000万元"科创贷"注入企业账户，成为瑞丰源一笔重要的启动资金。这一年7月，农商行为奶牛养殖企业量身定制的"奶牛贷"应运而生，通过"活体奶牛抵押＋保单质押"的方式为企业发放贷款 1300 万元。2020 年年底，受疫情影响，养殖饲料价格大幅上涨，瑞丰源为储备冬春季养殖饲料又遇到资金难题，平罗农商行了解情况后，积极联系县农改中心及融资担保公司，再次为瑞丰源发放贷款 1500 万元。

如今，宁夏瑞丰源牧业有限公司奶牛养殖规模达 12000 多头，日产牛奶 130 吨，月奶款收入约 1500 万元，带动庙庙湖及红瑞移民 200 余人就业。

打出精准扶贫"组合拳"

作为脱贫攻坚的生力军，近年来，苏义学带领平罗农商行不断探索创新金融扶贫模式，打出精准扶贫"组合拳"，促使多元化的优质金融服务走进农家和企业，让更多的贫困群众感受到满满的获得感，描绘出农村金融发展新图景。

仅 2020 年，平罗农商行发放建档立卡贫困户经营性贷款 5795 户，金额 3.3 亿元，惠及了 1341 个建档立卡贫困家庭，贷款覆盖面达到 50.45%，金融扶贫贷款投放占全县 10 家金融机构的 82%。

在陶乐镇庙庙湖村，平罗农商行为肉牛养殖园区入园的 82 户贫困户全覆盖式注入信贷扶持资金 500 余万元，为肉羊养殖园区入园 16 户提供信贷扶持资金 73 万元，为 22 户蔬菜大棚的承包贫困户提供信贷扶持资金 120 余万元。同时，为被设为"扶贫车间"的宁夏新丝陆服饰有限公司发放贷款 300 万元，为自治区扶贫龙头企业宁夏华泰农业科技发展有限公司发放贷款 700 万元，有效带动了当地近千名移民群众实现就业。

一项项瞄准高质量发展的金融扶贫创新之举，汇聚起各民族共同团结奋斗的磅礴力量。

平罗县宝丰镇是全区羊产业小镇，羊只年饲养量 36 万余只，全镇 75% 的农户从事羊产业，已形成集繁育、养殖、屠宰、加工、销售的全产业链融合发展态势。

在位于宝丰镇兴胜村的伊源羊产业专业合作社，负责人吴保林站在自家羊场旁，细数着刚刚入栏的几百只羊，脸上不禁露出笑容。

今年55岁的吴保林，从17岁开始养羊，如今已是宝丰镇的养殖大户，也是宝丰镇羊产业协会会长。2009年，他牵头成立了专业合作社，带领38户养殖户进行规模养殖。近年来，合作社已经拥有"万只羊场"和"扶贫羊场"两处养殖场所，共有标准化圈舍109间，存栏羊50000只左右。

"合作社之所以能有今天的成就，离不开平罗农商行对我们的资金支持，让有意发展羊产业的农户'不愁钱'。"吴保林说，让他最难忘的是，苏义学曾经一次次站在羊圈旁给农户们谋划脱贫之路。

2020年春节前，合作社一大半羊进行了屠宰销售，养殖户都期盼着春节过后进行补栏，然而，由于新冠肺炎疫情的影响，一直未能如愿。好在三月后疫情形势好转，养殖户纷纷计划买羊补栏，可是年前卖羊的钱大多没有到账，资金又难住了养殖户。

此时，平罗农商行"整村授信"工作全面开启，全行上下坚持"以党建引领业务发展，以发展业绩检验党建成效"的理念，丰富"整村授信"工作内涵，与宝丰镇政府签订了"政银产业合作协议"，加大对宝丰镇养殖产业的信贷投放力度和金融服务广度。

很快，"整村授信"解决了吴保林和合作社全体养殖户的燃眉之急。平罗农商行累计为宝丰镇养殖户进行信贷投放 418 户 8207 万元。其中，享受到"政银产业合作协议"优惠利率的养殖户达 119 户、金额 1374 万元，为养殖户直接让利 30 多万元。

和宝丰镇一样，平罗县高庄乡的产业发展也面临诸多问题。

因 109 国道穿乡而过，高庄乡区位优势明显，农产品加工流通企业近 20 家，成为全乡群众发展经济的重要产业。宁夏马氏兄弟粮油产业发展有限公司更是其中的佼佼者。

"我与农商行的结缘能追溯到 1997 年，那时候还是原始的家庭作坊式经营，资金不足是常事，唯一能解困的就是农商行发放的贷款。"公司负责人马建红回忆说。如今，企业已经发展成为食用油和农副产品加工销售、仓储服务、进出口等多种经营业务的规模企业，平罗农商行的金融"及时雨"从未中断过。经过 20 多年的合作支持，公司已然发展壮大，经营规模及资产规模稳步扩张，资产规模近亿元，不仅带动周边农户共同发展农产品种植、流通，还为群众提供百余个就业岗位。

2020 年 3 月，平罗农商行在全县范围内创新开展"整村授信"金融服务工作，在全县 136 个行政村的农户及社会化服务组织中进行信息采集建档和评级授信，对符合条件的农户或者组织给予最高 30 万元的信用贷款额度的承诺，有效缓解农户借款难、担保难的问题。

作为全县农业发展的主力乡镇，姚伏镇是"整村授信"工作中的"重头戏"，苏义学作为主要领导，将姚伏镇作为自己的包抓乡镇。他带着工作人员走村入户、深入田间地头采集农户信息，建立统一的农户信息档案，进而带动在全县开展"整村授信"工作。截至 2020 年年末，全县完成授信村 39 个，整村授信新增授信户 7500 户，新增授信金额 4.6 亿元。

"过去是群众有资金需求时，到银行找我们，我们要通过推进'整村授信'工作，将农户贷款业务由等客上门、被动授信变为上门服务、主动授信，让群众足不出户就可以享受到便利的金融服务。"在开展这项工作时，苏义学要求全行上下要把"背包银行"精神落实在乡村振兴上，聚焦在精准扶贫上，着力在支农惠农上，充分发挥"整村授信"在民族团结创建、美丽乡村建设、决战决胜脱贫攻坚、发展乡村旅游等重点工作上的推动作用，利用 3 年时间实现全县 13 个乡镇"授信村"全覆盖。

"作为辖区金融服务的主力军，我们的责任和使命就是时时心挂群众，想群众之所想，急群众之所急。"看着各族群众因为金融服务而渐渐鼓起来的"钱袋子"，苏义学这样说。

筑牢业务发展根基

近年来，苏义学带领平罗农商行始终秉承服务"三农"、服务县域的宗旨不动摇，创新金融惠民机制，推动金融公益事业，从基础农业到牛羊养殖、制种、蔬菜、优质粮、生态水产五大特色产业，从农业生产到农产品加工，从个体民营经济到全县重点骨干企业，从基础设施建设到城市化改造，让金融服务延伸到县域经济发展的每一个角落，促进各民族的兄弟姐妹情同手足、亲如一家。

平罗农商行着力满足辖区各乡镇，尤其是偏远地区和移民村等金融服务薄弱地区群众的金融需求，让普惠金融与群众"零距离"。截至 2020 年年末，共在全县建设标准化金融网点 28 家，安装 ATM 机 56 台，设立便民金融服务点 138 个，农村基础金融覆盖率达100%，实现了农户取款"大额不离镇，小额不出村"。

苏义学注重服务基层群众，在农商行成立青年志愿者服务队，开展尊老敬老献爱心活动和"金融服务三下乡"活动；组织干部职工先后为建档立卡贫困户捐资捐物 7 万余元，资助大、中、小学生上学 55 人次，提供教育帮扶资金 5.85 万元；在疫情防控、拥军拥警等社会公益活动中累计捐助约 53 万元。

惟其艰难，方显勇毅；惟其磨砺，始得玉成。近年来在苏义学的带领下，平罗农村商业银行先后被授予"支持地方经济发展先进单位""脱贫富民先进单位"等荣誉，他本人也先后被评为自治区优秀志愿者个人、自治区民族团结模范个人，并当选平罗县政协委员、石嘴山市人大代表。

事成于和睦，力生于团结。从普惠金融到特色助力，从脱贫攻坚到乡村振兴，从产业带动到扶贫助困，一个个生动的实例都彰显着苏义学作为一名共产党员的责任与担当。

苏义学这位"金融老兵"，将继续锐意进取、改革创新、奋楫扬帆，让民族团结花在"金融活水"的浇灌下，结出更多和谐幸福果。

"甜蜜"的事业生甜蜜

李建军没有想到，一次考察，让他和泾灵新村的父老乡亲结下了深厚的情谊。"第一次来到这里，我就被这片广袤的土地和勤劳淳朴的移民群众深深吸引。"回忆最初来到这里的印象，李建军这样说。

很快，李建军就带着自己的企业——宁夏夏能生物科技有限公司在村里扎下了根，把莎妃蜜瓜种在沙地里，使原本荒芜的土地成为脱贫致富的聚宝盆。

如今，村里建起的一座座温室大棚，群众生活的巨大变化，都讲述着李建军带领移民群众创新苦干、脱贫攻坚的团结故事。

锐意进取，带领移民群众脱贫

李建军是宁夏夏能生物科技有限公司董事长，他与灵武市郝家桥镇泾灵新村结缘，始于 2018 年。

泾灵新村是一个生态移民村，村民多是从泾源县搬迁来的农民。让李建军下定决心在这里投资发展产业的，缘于眼中所见与自身经历高度重合的熟悉感："当看到乡亲们渴望致富的眼神，我的心有些酸楚，我是从沙地里走出来的幸运的创业者，更多的父老乡亲、兄弟姐妹们还指望着这片土地让他们脱贫致富，我们有这份责任。"

在沙漠里创业十分艰辛。夏能公司最初到这里来投资，当地农民看到公司的合伙人都是三十出头的年轻人，表现出极大的不信任。"村民都害怕自己的土地给撂荒了，最后又拿不到钱，所以不愿意跟我们合作。"李建军回首往事，那段并不愉快的记忆浮上心头。

工作无法推动，李建军心里万分着急。村上的书记、村主任反复给村民做工作，公司又预先结清部分土地流转款，李建军才有了土地种植莎妃蜜瓜，并建成西夏秘园生态农业产业园，一步步发展壮大。

作为创业带头人，李建军和工人们一起早出晚归，一起吃喝，哪里缺人手哪里就有他的身影。高薪请来的技术员不愿意长期在这里指导工人，李建军就自己先学习技术，学会了再手把手地指导工人。

泾灵新村有黄河水浇灌，土地较为平坦，日照充足，昼夜温差大，非常适宜莎妃蜜瓜的生长，但在这里发展产业仍面临许多困难。由于风沙较大，尤其到了三月份，长时间的大风天给园区的建设造成了很多困难。

"风沙大，无非是因为植被不够，我们在这里种上作物，修好温棚，搞好绿化，一定能让村里大变样。"李建军跟这片土地较上了劲，带着大家一头扎进产业基地建设，发誓要将甜瓜种出来。

功夫不负有心人，2018年，泾灵新村产的莎妃蜜瓜畅销一线大城市，夏能公司为村民支付了40多万元的土地流转费和300多万元的务工费。当村民看到自己承包的土地终于种出希望，脱贫的日子指日可待时，个个喜上眉梢。

科技兴农，产业发展增添新动力

2019年，李建军计划带领夏能公司继续扩大规模，提质增效，但遭到了家人的反对。

在此之前，李建军曾因扩大枸杞种植规模的决策，致使公司产生较大损失。一想到曾经的遭遇，李建军也无数次困惑退缩，但他深入思考后，仍旧决定坚持自己的计划。

战鼓已响，只待冲锋！

在灵武市委、市政府"3+1"脱贫致富模式的引领下，夏能公司逐年增加投资，带领泾灵新村 240 户建档立卡的贫困户奔向小康。

农业科技发展的核心因素是人才队伍的建设和储备。在莎妃蜜瓜的种植生产过程中，农业科技要求比较高，夏能公司每年都要从海南莎妃生产基地调来约 200 名农业工人，在园区从事莎妃蜜瓜的生产劳动，这些技术工人还手把手地教授泾灵新村的农户从事农业科技劳动。同时，公司选派优秀人才到海南莎妃生产基地学习。

经过三年努力，夏能公司在泾灵新村培养出了一批优秀的农业生产科技人才，能够带领大批熟练工劳动作业。由于海南与宁夏劳动作业密集期不同步，两地农业产业工人可以互调，这不但解决了两地园区劳动用工荒的问题，也增加了农民的劳务收入。

39 岁的马石莲是一名家庭妇女，丈夫因犯罪被判入狱，家里没有了顶梁柱。三个孩子的学习费用和家庭日常开支，都压在了她柔弱的肩膀上。马石莲每年出去打零工，一年的收入总共才几千元，日子过得紧巴巴。

自从到园区务工以来，马石莲学到了种植技术，收入也增加了。"种植蜜瓜改变了我人生的轨迹。如今，我学到了种植蜜瓜的技术，一年下来收入能达 2 万元。"马石莲说，不出村就能有收入，还能照顾家里的老人、孩子，种蜜瓜让她的生活有了显著的改变。

在泾灵新村，马石莲不是个例。田竹娟、兰小红、马艳艳等人，也通过学习培训，掌握了种植蜜瓜的技术，成为扶贫产业园的包棚技术员。

从进入产业园开始，夏能公司就组织专业技术人员手把手教学，并将她们送到海南基地强化技术培训，切实提高了包棚技术员的技术水平。

夏能公司园区生产经理丁发红介绍，公司根据每名产业工人的技术水平和家庭实际情况，包给每个人一定数量的大棚，让他们用自己学到的技术，放开手脚去经营。公司蜜瓜种植基地自落户泾灵村以来，就把培育技术型工人作为企业发展的主攻方向，多措并举强化技术型人才培养，使产业工人实现了从"务工型"向"技术型"的转变。

截至 2020 年，夏能公司在泾灵新村流转土地1500 亩，建设蜜瓜大棚 1200 座，园区平均每天可帮助该村 180 名村民就近务工，用工高峰期达 300 多人，园区内 38 名产业工人实现了从过去单纯务工向拥有一技之长的技术工人转型。

如今，产业工人们每天都会在自己的棚里精心劳作，他们收获的不仅仅是蜜瓜，还有生活的希望。

"生产出高端、绿色的农产品，是我们农业企业可持续发展的前提。"李建军说，公司通过引进高效节水灌溉、微生物技术、绿色防控等高新技术，在沙漠地带克服了缺水、土壤贫瘠等发展瓶颈，种出了网纹蜜瓜。

致富路通了，村民的心里亮堂了！

夏能公司在蜜瓜种植基地建设了智能化新型温室，引进了太阳能诱杀灯等设施，并与宁夏大学等科研单位开展新品种果蔬的栽植、管理研究及培训合作，不断提升基地种植的科技水平，还通过蜜瓜小镇建设，大力发展观光农业，助推蜜瓜产业走出了一条创新发展之路。

党建领航，各族群众共同致富奔小康

作为夏能公司党支部书记，李建军立足打造融合党员之家、移民之家于一体的"党建带群建"扶贫示范活动阵地。按照"强组织、兴产业、富百姓、重实效"的思路，坚持"党建带扶贫、扶贫促党建"的工作方针，将基层党建与脱贫攻坚有机结合，推进扶贫开发和党建工作互动共促，全面提升精准扶贫影响力。

在工作中，李建军充分发挥党员先锋模范带头作用，带动员工与村民打成一片。作为灵武市科技特派员，李建军在带领泾灵新村的村民共同致富的同时，积极参加社会公益活动，主动承担社会责任，关怀老人和儿童。

泾灵南村村支书马冬生说道："那时候大家经常看到李建军在田里教技术工人如何种植。村里的贫困群众也总能收到他的慰问和关怀。"

这些年，李建军的公益脚步从不停歇：慰问灵武市儿童福利院儿童、看望东塔镇果园村孤寡老人、帮助泾灵新村贫困户……

"没有大家的支持和帮助，就没有公司的发展和壮大，在共同奋斗中，我们和村民早已成为朋友和亲人。现在我们有了能力，就应该回报社会，为需要的人提供帮助，带动大家一起过上好日子。"李建军说。

在李建军和公司的示范带动下，泾灵新村的移民群众学会了蜜瓜种植技术，激发了自主脱贫的动力，真正实现由"输血型"向"造血型"转变。

如今的泾灵新村山清水秀，一座座蔬菜大棚拔地而起，绿色藤蔓上吊着的一颗颗蜜瓜香气四溢……乡村振兴的幸福图景正在铺展，而李建军和乡亲们团结奋斗的故事仍在继续。

剪出中国好故事

剪纸是伏兆娥幼时的爱好，在岁月的打磨和命运的起伏中，逐渐变成了她的事业和梦想。

不知道是从什么时候开始，伏兆娥的心中生出一个用剪纸把家乡的大好河山剪出来的梦想，为了实现这个梦想，伏兆娥奋斗了整整半个世纪。

在"剪纸梦"的激励下，伏兆娥从一个地道的农民成长为中国民间工艺美术家，拥有辉煌的履历：国家级非物质文化遗产剪纸项目代表性传承人，宁夏高级美术师，一级工艺美术大师，宁夏文学艺术界联合会民协副主席，"中国十佳艺人""中华巧女"，她是三次"山花奖·民间工艺银奖"获得者，作品《回汉人民奔小康》被中国国家博物馆永久收藏。伏兆娥被誉为"西北第一剪"。

50多年来，伏兆娥逐梦前行，登上央视舞台近20次，为宣传宁夏特色文化作出贡献的同时，也用自己的行动讲述着铸牢中华民族共同体意识的生动故事。

剪纸梦起家乡情

1960年，伏兆娥出生在海原县的一个小山村。

那时山村贫瘠荒凉，伏兆娥的童年在苦难中度过。物质的贫乏并没有消磨伏兆娥对生活的热爱，在吃苦苦菜、草根的生活中，剪纸成为当时艰苦生活的有趣调剂和精神食粮。

伏兆娥的家庭有着浓厚的艺术氛围，外祖母和母亲都十分擅长剪纸。自幼受外祖母和母亲熏陶的伏兆娥早早就对剪纸产生了浓厚的兴趣，这为她日后的剪纸生涯打下了深厚的基础。

5 岁时，母亲发现了伏兆娥在剪纸方面的独特天赋，便用一头长发从挑着担子的货郎那里换来了一把剪刀——这是伏兆娥人生中第一件珍贵的礼物。

有了工具，"剪纸梦"就此腾飞。天上的飞鸟、地上的走兽、河里的鱼儿、路边的风景……伏兆娥用剪刀"记录"着生活的点滴，也把希望的图景寄托在形形色色的作品里。

几年后，伏兆娥的剪纸在十里八村叫响了名气，村里谁家娶媳妇、嫁女儿，都要邀请伏兆娥剪喜字和窗花才算圆满。

优秀的技艺总能受到欢迎。在那个物资匮乏的年代，年少的伏兆娥靠着一把剪刀，已经渐渐可以去邻村揽些剪窗花的活计贴补家用，剪纸不仅是她的爱好，还成了改善生活的倚仗，有了这样的底气，伏兆娥追梦的脚步逐渐加快。

艺术来源于生活，这句话在伏兆娥的剪纸中得到了印证。她的剪纸多描绘家乡的风土人情和民间的故事传说，抒发自己的所感所想，歌唱美好的新生活，为民间艺术长廊增添了绚丽的色彩，深受国内外剪纸爱好者的欢迎。1983 年，伏兆娥以自己的小饭馆为蓝本创作《饭馆春风》，并在《宁夏日报》发表，从此开启她剪纸创作的艺术人生。

伏兆娥剪纸生涯初期，作品便在各类比赛、展览中多次获奖，她的艺术成绩很快便引起了业内人士的广泛关注。1993 年，伏兆娥作为宁夏政府代表团成员赴日本进行文化交流。1994 年，伏兆娥应邀为《女人这一辈子》《黄河绝恋》《大漠豪情》等多部优秀影视剧献艺，她本人也因此获得电影美工设计奖。

在接下来的创作生涯中，伏兆娥不再局限于窗花的创作，名著中的人物、生活中的事物、特色景区等也都成了伏兆娥的灵感源泉及创作内容。她创作的四大名著系列中的部分人物被中国民间剪纸博览会印制为火花集发往世界各地。

1997 年，以经营一家小饭馆为生的伏兆娥凭剪纸获电影《女人这辈子》的 "最佳美工" 奖，这在当时的宁夏引起不小的轰动。宁夏西部影视城创始人张贤亮第一时间找到伏兆娥，并诚恳邀请她来银川市西夏区镇北堡西部影视城共同发展。

一番深思后，伏兆娥踏上了北上的路。

远离熟悉的家乡并不是一件容易的事，但一想到远方有更大的舞台，伏兆娥的心里就有光。

从海原县到镇北堡，伏兆娥奔波了两天，一路上的景色新奇有趣，伏兆娥似乎是从一个世界迁徙到另一个世界。

刚到西部影视城，伏兆娥的生活似乎回到了幼时，茫茫戈壁滩荒凉寂寞。伏兆娥望着自己的新家，除了简单的家当，几乎一无所有。工作室的对面就是羊圈，孤独的日子里，伏兆娥偶尔望着这些羊儿发呆。最难熬的是下雨天，戈壁滩上的沙土遇水成泥，几个孩子的裤脚上都是泥浆，鞋子里也灌满泥浆，在上学路上总要跌几跤。春去秋来，沙尘漫天的日子在希望的激励中慢慢变得平淡，艰苦的生活让伏兆娥看到了自己心中对梦想的坚持。

经济基础是艺术得以生存和发展的基础。一开始，张贤亮怕她在这里生活有困难，还特意叮嘱她："如果你一天挣不到二十元钱，我就给你发工资；如果挣得多，就自力更生。"

艰难中的关怀和支持，让伏兆娥心里亮起了明灯。在不断的思考和创作中，伏兆娥凭借高超的剪纸技艺，几天内收入三千元。有了市场的认可，伏兆娥放心拿起剪刀，正式开启了剪艺生涯的漫漫旅程。

天有不测风云。2000 年的一天，伏兆娥的儿子因车祸离她而去。自此，她彻夜流泪，伤痛欲绝，甚至离开了西部影视城。2003 年，在张贤亮的开导和邀请下，伏兆娥放下心结，再次回到西部影视城。

"是剪纸的力量帮助我战胜了悲痛；也是对剪纸的执着和爱，带着我重新回到阳光下。"对于这段伤痛的经历，伏兆娥这样说道。

2009 年，伏兆娥和二女儿李剑成立了宁夏艺盟礼益文化艺术品有限公司，通过"企业 + 协会 + 农户"的经营模式，实现了非物质文化遗产剪纸作品的产业化发展，也让她的剪纸艺术从宁夏走向了中国，走向了世界。

今天，在西部影视城伏兆娥的工作室门口，立着五个大字，"西北第一剪"。这是张贤亮亲笔手书，题赠给她的。

手足相亲话团圆

一花独放不是春，万紫千红才是春。

伏兆娥的剪纸传承自母亲，在剪纸之外，她的世界观也深受父母的影响。"看到穷人不能视而不见。"这是她自小就懂得的道理。

小时候只要有人上门求助，父母不但会把仅有的饭菜分给他们，天冷时还会留他们在家里住宿。伏兆娥所在的地方，大家的生活习俗虽不同，但相互帮助的传统不分民族。

"当初困难的时候，大家都是相互扶持度过那些苦日子。没有大家的团结，就没有今天的幸福生活。"
幼时的经历奠定了伏兆娥善良豁达、热爱民族团结进
步事业的思想基础。

多年来，伏兆娥在潜心钻研剪纸技艺的同时，致
力于保护发掘民族传统文化，为中华文化的传承发展
作出了自己的贡献。

2016年，伏兆娥在银川IBI育成中心投资建设
1200平方米的传统文化艺术传承馆，馆内集中展示
了中华优秀传统文化的代表性作品，如剪纸、刺绣、
砖雕、编织、抟土瓦塑等非物质文化遗产项目。

传承馆向广大市民、爱好者开放，开展非物质文
化遗产公益传承普及活动，加深市民对于非物质文化
遗产文化和传统文化的认识。同时，传承馆联合社区、
学校、商圈、农村，开展非物质文化遗产"四进"活动，
在中小学生开展中国传统文化和传统手工艺传承课
堂，现已对接了银川二中、宁夏大学、金凤区二十一
小、宁夏艺术职业学院、金凤区十六小、重庆长江学
院、南京大学等学校。女儿李剑研发的"少儿益智剪

纸"被 60 多家幼儿园推广使用。传承馆也是银川多所中小学校的中华优秀传统文化体验基地，接待学生累计 3000 人次。通过讲解和文化体验，使更多的市民和学生身临其境地感受中华文化的魅力，在寓教于乐中学习了解传统手工艺和中华优秀传统文化。

达则兼济天下。事业成功后，伏兆娥不曾忘记自己的初心。她搭建妇女手工技能帮扶站，带动各族妇女就业促发展。她联合北方民族大学、宁夏艺术职业学院建立非物质文化遗产产品产学研基地，专注研发有市场潜力的手工艺品，并且将提升移民妇女手工技能水平作为主要工作。

伏兆娥在移民村镇建立手工技能帮扶站，创新移民妇女帮扶模式。她创造性地提出"公司＋传承人＋移民妇女"新模式，以"输血＋造血"双管齐下助力精准脱贫，充分利用艺盟文创稳定的线上线下销售平台，将移民妇女生产的精美手工艺品推向市场。伏兆娥以公司带头人的身份搭建了银川市良田镇兴源村、丰登镇润丰村、洪广镇欣荣村和光荣村等近 10 个手工技能帮扶站点，开展移民妇女手工技能培训班30余次，累计培训全区建档立卡户、生态移民、劳务移民等目标群体1500人次，同时与980多位移民地区妇女签订灵活就业合同，定期收购培训结业的妇女利用闲暇时间制作的手工艺品，并完成手工艺成品回购10000余件，实现人均年增收12000元。她的这一举措，不仅提升了移民妇女的自信心、社会地位，而且对当地的民族团结和经济发展起到了重要的作用。

每当举办各类文化下乡活动，伏兆娥就携带公司文化艺术品第一时间积极加入；每当贫困妇女需要一份收入让孩子有钱上学，她立刻进行调研，在当地开办手工技能培训班，加大对移民妇女手工艺品的回收力度；每当社会举办公益慈善活动，她总是立刻挑选优秀的文化产品进行拍卖，并将获得的善款全部捐赠……

伏兆娥说："做公益慈善事业，不仅可以凝聚各族群众达成同样的公益诉求，还有利于民族文化交流互鉴，增强中华文化认同。"在她开展公益慈善事业过程中经常出现各种求助、互助，其中就有很多各民族间互帮互助的鲜活事例，久而久之，因为互助，彼此成了朋友。

伏兆娥希望更多的人能关注社会弱势群体，用火热的心点亮民族团结的美丽灯光，实现民族团结一家亲。

中华文化美名传

2021年2月4日，在北京举行的"欢乐春节"全球启动仪式上，富含春节特色、体现中华优秀传统文化内涵的民俗和非物质文化遗产活动，向世界各地的朋友们传递新春祝福，其中，伏兆娥参与的名为《过年》的剪纸动画片大放异彩。

《过年》剪纸动画片全球温情播映。"与大家一起过个喜庆祥和、温暖治愈的中国年，与世界人民同舟共济，共克艰难，迎接春天"一度成为热门话题。伏兆娥为本次项目进行前期策划和剪纸部分的形象设计创作，"年"的形象受到了文旅部专家们的赞扬。现在，伏兆娥设计的剪纸"年"已被超过 90 家驻外使馆、海外中国文化中心、驻外旅游办事处选取并使用。这是伏兆娥用作品点亮生活、用剪纸艺术走向世界的生动画面。

剪了那么多作品，说到自己印象最深的作品，伏兆娥毫不犹豫地说：《永久和平》。这幅作品由一龙一凤、一个地球、一只雄鸡，还有一头水牛组成，红色的纸和这些美好的意象，蕴含着伏兆娥美好的愿望。

"这幅作品是我根据小时候父亲讲过的一个故事剪出来的。"伏兆娥说，"我那时还不到 6 岁，听完感觉挺震撼的，很神奇，父亲讲完我一下就记住了。这个故事是这么说的，地底下住着一头水牛，水牛闭着眼睛，睡得很安详，谁也不能去打扰它。如果打扰它了，或者它生气睁开了眼睛，就会发生地震，灾难就会降临。"

长大后的伏兆娥，按照父亲讲述的故事，剪出了《永久和平》这幅作品，左边一条龙，右边一只凤，寓意阴阳协调，中间是地球，地球上威武的雄鸡，就是中国，在地球下边，是一头静卧的水牛，轻合双眼，安然入眠。

伏兆娥说，境由心生，在剪纸中将自己的所思所想具象化地表现出来，这也是民间剪纸的魅力所在。老百姓对于世界、人生、家人的愿望，总是那么纯朴而美好，于是在真情流露中，伏兆娥用一把剪刀游走于纸上寄托愿景。

2006 年，《永久和平》获得了第二届国际剪纸艺术界"最佳作品"奖，后来被制作成了贺年卡。伏兆娥很喜欢那张贺年卡，她一脸幸福地说，最开心的事莫过于剪纸作品被制作成贺年卡，"很有过年的味道，喜庆"。

剪纸里有说不完的故事。伏兆娥说，她是用一把剪刀在讲故事，讲老百姓的故事，讲宁夏的故事，讲黄河的故事，讲中国的故事。

在剪纸作品里，有许多传说故事，剪纸还原了故事中的场景，赋予了读者走进故事的途径。而到了伏兆娥这里，她也用一把剪刀，继续剪出生活的变化，剪出百姓的生活。《爸爸妈妈的故事》里，有耕地的牛、碾米的磨、土黄的窑洞，还有彩色的大电视、奔驰的小轿车……一串剪纸作品，就是老百姓一路走来的生活场景。她还剪出了丝路文化、黄河文明，用一幅幅包含着宁夏元素的作品，讲述这方水土的地域特色。

伏兆娥一直记得张贤亮说过的那句话：羊粪自有清香味。她说，在热爱和坚守中，中华优秀传统文化给予自己生活的力量，让自己的生命发光发热。她也将一生热爱付予剪纸，努力传承和发扬中华优秀传统文化，就是希望让更多人看到中华优秀传统文化的璀璨之光，感受到中华优秀传统文化强大的生命力。

民族团结幸福路上的助力人

习近平总书记在宁夏视察时说："我们都是中华民族大家庭的一分子，脱贫、全面小康、现代化，一个民族都不能少。"

促进民族团结，不仅需要真情之温度，也需要措施之力度。宁夏宝丰集团有限公司董事长党彦宝，立足宁夏实际，通过产业升级、教育助学、移民扶贫等，多措并举践行责任担当，走出了一条共筑民族团结的特色扶贫之路。

教育基石：一个孩子都不能少

宁夏六盘山集中连片特困地区曾经是国家 14 个集中连片特困地区之一，素有"苦瘠甲天下"之称。当地群众能否顺利实现脱贫，关系到全区社会和谐与稳定。

宁夏燕宝慈善基金会以他们的善行义举帮助各族寒门学子，引领各族青年向上向善。

"知识可以改变命运。一个家里走出一名大学生，这名大学生慢慢就能够带动一个家庭走出深山，最终实现全家脱贫致富。教育扶贫能从根子上解决一个家庭的贫困问题。"在党彦宝看来，贫困家庭的希望在下一代，唯有让孩子们学习知识、掌握本领、走出大山，才能从根本上摆脱贫困。

扶贫先扶智。十年前，党彦宝与夫人边海燕女士成立燕宝慈善基金会，将"教育精准扶贫"作为公益慈善事业的重点和方向，每年拿出企业利润的 10% 注入燕宝基金会平台，集中资金投入到助学项目中。

十年来，宁夏燕宝基金会累计捐资 25.83 亿元，资助 25.67 万名宁夏籍学生。

来自吴忠市红寺堡区的哈玉宏，是一名在上海工作的机械工程师。哈玉宏上高中时，家里还有两个哥哥都在上学，那个时候主要靠父母种地和打零工勉强维持生活。

在哈玉宏高考后，贫寒的家庭，让这个小伙子对自己的未来之路充满迷茫。当学校老师告诉他可以申请燕宝奖学金时，哈玉宏心里非常激动。后来，他成功获得了奖学金，大学四年，每年获得 4000 元奖学金，这笔奖学金帮助他顺利完成了学业。

如今，哈玉宏在上海从事建筑行业机器人应用工作，月薪过万元，每个月都会补贴家用。

哈玉宏说，自己通过读书改变命运后，也帮助家里的兄弟姐妹走出大山，实现了他们的愿望。未来希望自己能够回到家乡贡献自己的力量。

许许多多像哈玉宏一样的学子，依靠宁夏燕宝基金会搭建的温暖之桥，走出了贫困，成长为社会的中坚力量和家庭的支柱。

2013年，吕荣荣考上大学，一家人正在为上学费用发愁时，燕宝奖学金如雪中送炭，解决了他家的燃眉之急。目前，吕荣荣从事民族地区贫困问题的研究工作。来自同心县的马玺才，是一名中铁四局的建筑工程师。在燕宝奖学金的资助下，马玺才顺利完成本科学业的学习，参与修建高铁、隧道和桥梁等工程项目。胡庆保受到燕宝奖学金的资助以后，他又将这份爱心持续传承下去，组织"衣分温暖"等活动，将爱心人士捐赠的衣物捐献给贫困地区的学生……

"爱心"和"善行"如春风化雨，使一批批得到燕宝奖学金的学子们，为社会经济、文化建设贡献力量。他们在校期间自发成立爱心社团，开展支教、环保、助老等活动，用行动播撒爱的种子，传递正能量，影响了一批又一批学生，将爱心传递下去。一股股暖流汇聚成爱的河流，一次次互助唱响了民族团结的歌谣。

钱究竟有没有用好用对？宁夏燕宝慈善基金会成立以后，党彦宝带着基金会负责人进行了深入调研，了解到一个情况：越是贫困家庭的孩子自尊心越强，不愿被扣上"贫困生"的帽子。

为此，党彦宝夫妇对宁夏各县区所有考上大学的孩子实行"全覆盖、无差别化"的资助。同时，将"助学金"改为"奖学金"，并为受助学生特制奖学金银行卡，每年定期将奖学金直接打到卡上，实现点对点发放，让受助学生能够安心上学。

捐资助学，一次两次并不难，难的是坚持多年。2014、2015年这两年里，由于能源化工行业受全球经济下行冲击，企业效益也受到影响，利润严重下滑。公司团队都劝党彦宝减缓资助或减少资助人数，以减轻企业经营压力。

党彦宝坚决地说："我帮人不能帮到半道上！企业的困难是暂时的，哪怕企业发展的速度慢一点，也不能断了孩子们的经济来源。他们一旦失去资助就会陷入困境，甚至面临辍学，孩子们还有什么前途？"

"我们不能控制生命的长度，但是可以把握生命的高度。"这是党彦宝对"生命价值"的认识。他说："一个人的财富，超出个人需求之外，都是属于社会的。"

助力移民"搬得出、稳得住、能致富"

2011年，自治区实施移民政策，把35万生活在南部山区的困难群众搬迁到近水、沿路、有发展前景的地区生活。

党彦宝主动请缨以实际行动支持生态移民工程建设，他带领基金会团队在广泛征求有关市、县（区）意见和实地考察的基础上，科学规划、精确计算、严控质量，在5000人以上的移民安置区投资1.63亿元兴建了9所小学、17所乡镇卫生院（中心）。为近万名移民区学生及时入学、10多万移民就近看病创造了良好的条件，为生态移民搬得出、稳得住、能致富作出了积极贡献。

党彦宝还深入参与"万企帮万村"行动，围绕"两不愁三保障"，先后在同心县、原州区、西吉县各选1个贫困村实施"一对一"结对帮扶，在乡村基础设施建设、解决用水、农机配置等方面给予支持，有效改善了当地群众的生产生活条件。

宝丰集团采购960台和合治疗仪，送到186家基层医疗卫生院和54家公立敬老院；向盐池县政府捐款1000万元，改善当地交通条件；捐款390万元支持自治区政协设立兴华爱心基金……

"只要我的企业存在，并健康地发展下去，我的公益慈善事业就要永远做下去，我还要把这份事业传给我的下一代，让他们一直做下去。"这是党彦宝铭刻在心灵深处的铮铮誓言，更是他身上的家国情怀。

为"健康中国"倾心助力

心系养老事业，以医养教融合，这是一条情暖夕阳红的路……

宁夏作为经济欠发达地区，医疗养老服务体系不健全、基础设施条件不完善、居民收入较低、医疗养老人才短缺。

"我们祖祖辈辈生活在宁夏，我就想做一点特别的事，为这个地方实实在在地解决一些问题。"党彦宝响应国家和自治区关于加快"医养结合"发展的战略部署，聚焦老龄化问题，投巨额资金，在全国创新打造养老、医疗、教育相融合的新型养老基地。

"关爱老人的今天，就是关爱自己的明天。"党彦宝坚持高标准推进基础设施建设，努力以全新康养模式，让百姓能"进得来、住得起"，真正实现"老有所养、老有所医、老有所为、老有所乐"。

为方便老人带孙子上学、有效改善养老社区年龄结构、激发老年人活力、减轻子女压力，党彦宝修建了活力康养公寓、文化活动中心、体育运动休闲公园以及学校。配套建设有 2100 张床位的大型综合医院，为社区老年人创造优质便捷的保健医疗环境。同时建设有 1962 张床位的医养照护中心，为失能及临终关怀型老人提供专业化服务。

目前，康养社区首批养老公寓已具备入住条件，开始发挥社会效益。配套建设的综合医院和医养照护中心也正在稳步推进。

在突发公共卫生事件中，党彦宝也带领企业第一时间驰援，迎难而上，尽显责任担当。

2020 年年初，新冠肺炎疫情突如其来。宝丰集团在确保 20000 多名员工安全的同时，迅速成立疫情支援专项小组，先后捐款捐物 20 余次，累计捐赠款物 5304 万元，全力驰援疫情防控"阻击战"。

随着疫情发展，小小的医用口罩一度成为紧缺防疫物资。一方面，党彦宝积极协调多方关系，在全球范围内紧急采购了大批医疗防护物资，采取跨国包机载运方式，争分夺秒地将物资运送至一线防护人员手中，先后为火神山医院和其他全国重点防疫地区捐赠防护服 13 万件、隔离服 1.2 万件、医用口罩 47.7 万只、护目面罩 2780 副。一方面，党彦宝发挥公司技术、设备优势，启动战"疫"紧急转产，生产可用于医用口罩原料的高熔指纤维聚丙烯 S2040 产品。短短 7 天后，产品顺利下线，日产量高达 1000 吨以上，努力从源头缓解抗疫物资紧张状况。

在此基础上，他又投资 1100 万元，新建了医用口罩及防护服项目，设计产能日产一次性医用口罩 32 万只、N95 口罩 5 万只、防护服 1000 件，为复工复产提供持续的物资保障。

时代呼唤责任，使命引领未来。党彦宝凭借坚守与执着、责任与担当，在宁夏这片土地上树立了"实业报国、造福家乡、引领发展、奉献社会"的时代丰碑。

必须以铸牢中华民族共同体意识为新时代党的民族工作的主线，推动各民族坚定对伟大祖国、中华民族、中华文化、中国共产党、中国特色社会主义的高度认同，不断推进中华民族共同体建设。

——习近平

一起走过

『石榴籽』故事 第二辑

《『石榴籽』故事（第二辑）》编委会 编

黄河出版传媒集团
阳光出版社

图书在版编目（CIP）数据

"石榴籽"故事. 第二辑. 一起走过 /《"石榴籽"
故事（第二辑）》编委会编. -- 银川：阳光出版社，
2022.8
　　ISBN 978-7-5525-6468-6

　　Ⅰ.①石… Ⅱ.①石… Ⅲ.①故事－作品集－中国－
当代 Ⅳ.①I247.81
　　中国版本图书馆CIP数据核字(2022)第158027号

"石榴籽"故事　第二辑　一起走过

《"石榴籽"故事（第二辑）》编委会　编

责任编辑　胡　鹏　赵维娟　郑晨阳
封面设计　赵　倩
责任印制　岳建宁

黄河出版传媒集团
阳　光　出　版　社 出版发行

出 版 人　薛文斌
地　　址　宁夏银川市北京东路139号出版大厦 （750001）
网　　址　http://www.ygchbs.com
网上书店　http://shop129132959.taobao.com
电子信箱　yangguangchubanshe@163.com
邮购电话　0951-5014139
经　　销　全国新华书店
印刷装订　宁夏凤鸣彩印广告有限公司
印刷委托书号　（宁）0024431

开　　本　787 mm×1092 mm　1/16
印　　张　7.75
字　　数　69千字
版　　次　2022年8月第1版
印　　次　2022年8月第1次印刷
书　　号　ISBN 978-7-5525-6468-6
定　　价　70.00元（全3册）

序　言

　　中华民族五千多年的发展历程，就是一部各民族交往交流交融的历史，追求国家大一统、推进民族团结融合始终是历史主流，推动各民族不断交流汇聚，形成了你中有我、我中有你、谁也离不开谁的中华民族多元一体格局，构建了一荣俱荣、一损俱损、命运与共的中华民族共同体。

　　伟大的中国共产党从成立起，就积极探索适合中国国情的解决民族问题的道路。新中国成立后，我党确立了以民族平等、民族团结、民族区域自治、各民族共同繁荣为主要内容的民族理论和民族政策基本框架，形成了民族工作的一系列基本制度和政策。改革开放以来特别是党的十八大以来，以习近平同志为核心的党中央因应国内国际形势的发展变化，不断丰富

和发展党的民族理论和民族政策，就民族工作作出一系列重大决策部署，强调铸牢中华民族共同体意识、各民族共同团结奋斗共同繁荣发展、坚持和完善民族区域自治制度、促进各民族交往交流交融、依法治理民族事务等，推动我国民族团结进步事业取得历史性成就，铸牢中华民族共同体意识得到各族群众的广泛认同，已经成为各民族的自觉意识和行动指南。

宁夏自古就是各民族交往交流交融的地区。生活在这片热土上的各民族为宁夏的发展繁荣贡献了力量，书写了民族团结进步的光辉篇章，推动中华民族朝着伟大复兴的目标奋勇前行。1958年10月宁夏回族自治区成立，开启了各民族发展进步的新纪元。在党的民族理论和政策的光辉照耀下，宁夏的民族团结不断巩固发展，特别是进入新时代以后，在以习近平同志为核心的党中央坚强领导下，宁夏各族儿女继承弘扬民族团结优良传统，孕育了一个个相濡互化、互鉴交融的感人故事，书写了一篇篇手足相亲、守望相助的动人篇章，唱响了一曲曲同心同德、同向同行的

伟大赞歌。

大德敦化，小德川流。《"石榴籽"故事》第二辑在第一辑基础上，赓续以爱国主义为核心的民族精神，坚持以社会主义核心价值观为引领，分三册生动展示各民族"一起走过"的历程，多景呈现各民族"一起生活"的经历，深刻描绘各民族"一起实现"的愿景，能够让人切身感受到各民族水乳交融、唇齿相依的强大凝聚力，牢固树立休戚与共、荣辱与共、生死与共、命运与共的中华民族共同体理念。

事成于和睦，力生于团结。我们坚信，在以习近平同志为核心的党中央坚强领导下，我们将铸牢中华民族共同体意识，推进中华民族共同体建设，进一步凝聚起团结奋斗的磅礴力量，为全面建设社会主义现代化美丽新宁夏，实现中华民族伟大复兴的中国梦团结奋斗！

《"石榴籽"故事 （第二辑）》编委会

2022 年 5 月

目　录
CONTENTS

村里来了个"兵支书"

黎明的曙光刚刚揭开夜的面纱，50岁的海春龙就出现在家门口的蔬菜温棚扶贫产业园里，像往常一样给蘑菇棚卷帘通风，动作十分娴熟。

作为银川市西夏区兴泾镇泾河蔬菜温棚扶贫产业园的管理员，海春龙几乎每天都穿梭在一栋栋大棚中间，指导农户控制温度、湿度、通风等，精心呵护着一株株菜苗、果苗。看着羊肚菌、蘑菇、西红柿、吊瓜一车一车运出园区，他的脸上露出淳朴的笑容。

回想2017年以前，一家人住在简陋狭小的土坯房里，母亲瘫痪在床、父亲得了脑梗。妻子照顾父母和两个孩子，自己一个人打理8亩农田，闲时还要打零工，但是每年的收入还不到2万元，是村里"响当当"的贫困户。而今，不仅搬进了宽敞明亮的砖瓦房，养上了牛和羊，承包了 6 栋温棚，而且做园区管理员每月还有 4000 元的工资拿，这在以前是做梦都不敢想的事情。

眼前的这些变化到底是从什么时候开始的呢？这一切都要从村里来了个"兵支书"说起。

穷则思变，蹚出脱贫致富新路子

泾河村是从六盘山区搬来的移民村，这里的村民多年来以"三五亩地几头牛，种上小麦打工走"的生产生活方式维持生计，虽然搬出了"苦瘠甲天下"的山区，却始终没有摆脱贫穷。

2017 年，从部队退伍的共产党员于卫军回到家乡，看到村里还是老样子，乡亲们依然守着三五亩地养活自己，有些村民还住在危房里，村庄巷道连硬化路都没有铺设。这让于卫军深受触动，他想，村庄治理和部队训练是一个道理，只要找对方法，认准信念，坚持不懈，最终都能战胜困难。于是，他抱着让乡亲们摆脱贫困、走上致富路的念头参加了选举，成了村上第一位"兵支书"。

刚一上任，于卫军便挨家挨户上门走访，与村民拉家常，倾听村民的真实声音，了解村民的实际情况，帮助村民解决家里的困难。

鞋底走薄了，笔记本变厚了。500户村民的住宅位置、住户姓名和家庭情况都深深印在他心中，绘成了一张"民情导航图"。正是因为对村上情况的摸熟摸透、知根知底，让这位"兵支书"对自己想走的路也更有信心和决心，他用坚持和恒心打动了村民。

在了解每家每户的情况后，他针对具体问题一户一策，提出了切实可行的解决方案，并付诸实践。村民们的困难得到了解决，这才意识到，这位"兵支书"不简单，是真真正正能干事的人，是值得信任托付的人。于是，主动上门找他的人越来越多，村民们有什么问题都愿意来请教他，有什么困难都会来求助于他。久而久之，在村民眼中，"兵支书"不再是只谈公事的村干部，而是无话不谈的好朋友。

于卫军发现，泾河村土地利用率不高，村民主要种植小麦、玉米这些普通农作物，一年到头赚不了多少钱，有时候行情不好的情况下只能保本，跟不上农业产业的发展需要。学习国家相关政策后，他邀请村上的种植养殖大户召开民主议事会，让大家集思广益、转变思路、创新方式，拓宽村民脱贫增收的路子。

依托良好的种植经验和资源优势，他开始联合村里的一些年轻人尝试种植蔬菜大棚，创办集体合作社。从大棚基地的选择和搭建，到蔬菜品种的考量和日常照料，于卫军都亲自上阵，对每个环节都了如指掌。他深知，这些菜苗不仅是增收的希望，更是村民对美好生活的希冀。功夫不负有心人，大棚里的蔬菜长势良好，相继成熟上市，销路很快就打开了。每个种植户一年下来收入十多万元，还解决了包括海春龙在内几十个村民的就业问题，每人每年增收3万至5万元。这要放在以前，是泾河村村民想都不敢想的收入水平。村民们看在眼里，对于卫军更加深信不疑，纷纷向合作社投来"橄榄枝"，紧跟着他的步伐开始了种植蔬菜大棚的创业增收之路。

道路越走越宽，思路越理越顺。随着种植蔬菜大棚的村民越来越多，于卫军开始思考怎么才能提高产值，让蔬菜大棚的规模越来越大。

2019年，于卫军积极对接帮扶部队，大力发展现代设施农业，通过"一棚两用"发展高效种植，提高大棚使用效能。村民们通过蔬菜大棚实现了"两种收入"。看到以前囊中羞涩的村民时常在朋友圈分享琐碎又幸福的生活细节，于卫军心里暖暖的，选举大会上的承诺再一次萦绕耳际："功成不必在我，功成必定有我。"

2020年，兴泾镇设施温棚扶贫产业示范园项目在泾河村落地。作为牵头村，于卫军深感责任重大，如何更好地吸纳周边困难户参与园区运营，探索"抱团式"发展模式，讲好泾河村脱贫致富故事呢？他与村"两委"跑了多家示范园区学习经验，首先从完善园区服务功能入手。"行百里者半九十"，越是干事创业的艰难期、关键期，越要咬定青山、脚踏实地。于卫军再一次找到有种植和管理经验的海春龙等人，鼓励他们扩大温棚种植规模，并且作为园区管理员带领新加入的村民一起种植。早年在外打工见识过温棚效益的海春龙，欣然接受了建议，成为了园区第一批承租户，一口气租下6栋温棚。几年下来，通过辛勤劳作和付出，海春龙已成为村里有名的富裕户。

在于卫军这只"领头雁"的带领下,一个个扶贫项目落地生根,一笔笔建设资金落地投放,一批批惠农项目付诸实施,泾河村现代农业产业实现了从无到有、从有到优、从优到精的转变。如今,村里更多的"海春龙们"通过辛勤劳动告别了苦日子,迎来了丰衣足食的甜日子。

移风易俗,倡树文明和谐新风尚

村民们的"口袋"富起来了,吃穿不愁了,可于卫军依然不满足于现状。泾河村是一个典型的移民村,很多村民还保留着一些旧时的"陋习",对新鲜事物的接受度也不高,于卫军开始思考如何让村民们的"脑袋"也富起来。他决心从开展移风易俗活动开始,探索引领社会主义新风尚,把泾河村真正建设成为社会主义新农村。

凭借多年来做群众工作的经验和对泾河村村情民意的全面掌握,他首先从查找制约泾河村精神文明建设的痛点和难点入手,深入分析问题所在。他发现,一些固习陋习的存在，主要是因为村民们接触的新鲜事物和进步思想比较少，缺乏精神生活和心灵寄托。要努力打破这种局面，就要从制度、规约和群众的精神需求入手，在弘扬淳朴民风的基础上，打破老旧思想限制，让村民们跟得上时代的步伐。找准了"病因"，他说干就干，从加强村级红白理事会建设、修订村规民约、完善"爱心积分超市"、创建"美丽庭院"等入手，有针对性地推进各项工作。通过村民能接受、看得懂、做得到的方式，让移风易俗新理念入脑入心，让文明新风吹进村民心坎里。

"送戏下乡"带来家门口的"文化大餐"，让村民在娱乐中感受文明新风尚；田间地头的学习教育绘声绘色，让村民在脚踏实地的干事创业氛围中展望未来；扶贫助残、文明劝导等志愿服务广泛开展，引导村民们提升主动参与村庄治理的自主性和积极性；人居环境持续改善，村容村貌频换新颜，让村民在良好的环境氛围下感受新生活、增强幸福感。

过去，村里操办婚丧事宜曾一度盛行互相攀比，一些家境不好的村民为大办宴席背负了沉重的经济负担。在于卫军的努力下，如今，节俭朴素的集体婚礼在泾河村备受欢迎，村民间的人情债少了，人情味浓了。

在入户宣传的过程中，他不止一次告诉村里的年轻干部："群众工作做得好不好，'三多'是关键，多想一想有没有站在村民的角度考虑问题，多问一问是不是契合村民的需要，多思一思会不会让村民产生不舒适感，不能仅仅发几封告知书、几张宣传页了事，调查研究、宣传引导、表率示范一样都不能少。"他时刻提醒大家，要像珍视自己的生命一样珍视民族团结。不能因为工作方式方法不当，制造出新的矛盾，影响干群关系乃至民族团结。

新时代文明实践，如春风化雨般滋润着每一个泾河村人，一个乡风文明、治理有效的村落正在以全新的面貌迎接一个又一个机遇和挑战。

不忘初心，诠释拥政爱民军人本色

一路勤政，一心为民。始终保持干劲，遇到困难决不低头，这是于卫军当年在部队里学到的，也是他多年来坚持的初心。他始终谨记"民生是最大的政治"，干工作不仅要搞清楚"做什么"，更要想明白"为了谁"；不仅要盘点"公共资源账"，更要梳理"民生需求账"，这位善打"算盘"的"兵支书"用担当实干诠释了拥政爱民的军人本色。

忙的时候，于卫军要同时负责规划扶贫温棚园区、续建无公害有机蔬菜温棚园区、美丽乡村巷道整治、"厕所革命"等多项工作，每天来回奔波在村子的各个角落，接打几十通电话，处理各种大小事务，但他从来没有任何犹豫和退缩。用他自己的话来说，这样的生活忙碌而充实。

在入户走访过程中，了解到 60 多岁的秦国庆家因病致贫，没有生活来源，想办低保又不知道怎么办，于卫军便亲自帮着收集资料、填写表格，整理好后送到民政部门，多方联系协调后，秦国庆一家终于领上了低保，缓解了部分经济压力。村里类似情况的家庭还有好几家，他都不厌其烦，想各种办法，帮助他们增加收入、改善生活。因为他知道，几百块钱的低保虽然不多，但对于没有劳动力、缺乏收入来源的贫困户来说，犹如雪中送炭，不仅能帮助解决生计问题，更多的是一种心理慰藉。要让他们知道，党和政府没有忘记他们，"全面建成小康社会，一个民族都不能少"不仅是未来可期的承诺，还要有落地见效的行动。2017年以来，他共帮助8户14人申请了低保。

面对贫困户饱含深情的谢意，于卫军又一次真实感受到"为人民服务"的光荣和自豪。正是因为他时时刻刻将"民生无小事，枝叶总关情"记在心间，才能最先触及村级治理最末端的大事小情，才能将党的助农惠农政策精准送达村民手中，真正成为村民的"贴心人"。

2020年新冠肺炎疫情暴发的时候，正值新春佳节，本是万家灯火团圆日，这时的于卫军也在和家人团聚。但关键时刻，他没有丝毫犹豫，匆匆告别妻儿，收拾好行李，驻守村部，同村干部一起筑起疫情防控的"红色堡垒"。

他一方面组织村委成员在主干道设立防疫劝返点，对来往车辆进行登记，严格劝返非本村车辆；另一方面组织党员群众对全村500户村民进行逐一摸排、登记信息，对外来人员登记造册。晴天一身灰，雨天一身泥，有任何突发情况他都是第一个知晓并前往处置的人，累了就在劝返点的椅子上眯一会儿，饿了就拿起泡面饼干吃一口，缓过劲来接着工作，一刻也不敢放松，真真切切将全村1892

人的生命安全扛在肩上。

长年扎根在基层的他，深知群众对于美好生活的向往。"村民有了信心，事情就好办了。"秉持着这一信念，他用几年如一日的坚持和奉献，用风雨无阻的倾情投入，赢得了大家的信任和拥戴。在他的带领下，泾河村这个曾经贫穷涣散的村子发生了令人惊叹的蜕变，党员群众精神面貌焕然一新，党支部的号召力、凝聚力、影响力、战斗力大大提升，大家前所未有地团结和睦，村里各项工作有序推进，全村各族群众在奔往幸福生活的大道上阔步前进。

于卫军的身上，展现出军人的刚毅和执着、共产党员的初心和使命，以及普通基层干部的为民情怀和无私奉献。他怀着对党的忠诚和为民服务的宗旨，靠着审时度势的智慧和坚韧不拔的毅力，实现了当初回村任职的初衷。他说，未来的日子里，他将继续坚守初心和使命，披荆斩棘，务实笃行，用艰苦奋斗的实干精神帮助泾河村人找寻新的致富路，让群众的生活越过越甜，让家乡越变越好。

女汉子支书

从上任的第一天起，她就把带领村民致富作为自己的责任和使命，想方设法为村民干实事、办好事，十年如一日，在基层工作中用实际行动践行一名共产党员全心全意为人民服务的铮铮誓言。她是村里的"当家人"，用柔弱的肩膀撑起回六庄村"半边天"。她就是吴忠市盐池县冯记沟乡回六庄村原党支部书记马自霞。

多年来，马自霞围绕"产业富民""产业兴村"目标，全心全意为一大家子脱贫、增收、致富想法子、找路子、开方子，成了乡亲们信得过的"女汉子支书"。回六庄村从贫困村摇身一变，成为一个村容美、人气旺的村庄，这其中马自霞功不可没。2018 年，盐池县在全区率先退出贫困县序列，冯记沟乡回六庄村也从贫困村摘帽出列，全村人均可支配收入由 2012 年的 3400 元增长到 2020 年的 13824 元。

一心向党　当好群众致富"领头羊"

1978 年，时年 18 岁的马自霞成为村干部，2007 年当选村委会主任，2010 年当选村党支部书记，一干就是十几年。当时回六庄村是个贫困村，脱贫攻坚战全面打响以来，马自霞始终牢记习近平总书记"全面建成小康社会，一个民族都不能少"的殷切嘱托，带领贫困群众靠自己的勤劳双手创造幸福生活。

依托"滩羊之乡"的品牌优势，马自霞与村干部们商议要发展滩羊养殖业并使之成为全村脱贫致富的主导产业。以"公司＋农户"的方式联合 180 个养羊户，成立了专业合作社和 6 个家庭牧场。在 6 个自然村实施了"养羊扶贫整村推进工程",新建 4 个标准化养殖场,并积极协调加入县上的滩羊集团,签订滩羊收购订单,解决了销售问题。为鼓励群众养羊的积极性,她帮助 108 户建档立卡户申请政府贴息小额贷款,解决了大家养殖资金不足的后顾之忧。在马自霞的带领下,回六庄村把滩羊卖到了银川、西安、北京等地。全村发展起了以滩羊为主导,黄花菜、牧草、中药材、小杂粮为辅助的优势特色产业。2018 年,回六庄村摘掉了贫困村的帽子。

"我是一名党员,我要为群众做得更多。"马自霞始终牢记这个初心。她把 6 个自然村 18 名村民代表全部发展为联络员,搭建了一个覆盖所有群众,高效便捷的联络网;印制了"人大代表联系群众服务卡",设立"代表信箱"、联络员微信群,收集民情民意,打通了群众反映诉求的通道。

马忠海曾经是建档立卡贫困户,过去靠几亩地过活,住在土坯房 30 多年……马自霞看在眼里,鼓励马忠海用扶贫补贴款养起了滩羊和鸽子,销路还不错。

老马拆了多年的土坯房，在原址上盖起新房。住进新房的马忠海主动向村里提出要从建档立卡贫困户的名单上销户。63岁的老汉强学宝一家住在20多年前盖的老房子里，墙面已出现裂缝，成为危房。提起盖新房，老汉总说："口袋里钱紧，缓几年再说。"县上、乡上的干部到家里来了好几回，马自霞坐在炕头上给他算账："先把新房盖起来，自己拿一点，贷款贷一点，财政还给你补贴一部分，养上几十只羊，贷款几年就还清了。"年初，强学宝的新房动工，6月份，一家人已搬进了新房子。

一直以来，马自霞的人生追求是通过带领群众艰苦创业，彻底改变村容村貌，使大家都过上幸福美满的日子。"作为一名村党支部书记，抓班子、带队伍、兴产业，心里要装着村里的每一件事、每一位群众，我想看到村民们日子越过越好，我的家乡发展得越来越好。"马自霞说。

真心为民　用实干赢得群众点赞

"我现在脱贫了，这离不开好书记的帮助。"谈及马自霞，村民马少华话不多，但从他一口一个"好书记"中深切地感受到了老百姓对这位女支书的高度认可。

2013年以前，村上偷牧现象时常发生，马自霞经常深更半夜提着手电筒追查偷牧行为，她也跟偷牧者红过脸，但堵不是办法，疏才是出路。她开始跑项目争资金，先后建起了4个养殖示范园区，把3000只滩羊圈养起来。舍饲养殖的良好效益，吸引了更多村民，每个自然村都建起了养殖场，偷牧现象基本消失。

"帮助一名妇女创业就业，就是帮助一家农户奔小康，因为如今农村男青壮年大多外出打工去了，本地农村种养殖业的主力军是留守妇女。"马自霞很看重妇女创业就业。为致富增收，她连续多年通过小额贴息贷款项目发展养殖业，确定收益显著后，又主动带动回六村留守妇女发展滩羊养殖业，培养出马福燕、尹翠花、满秀珍、马秀琴等滩羊养殖大户。

在马自霞的带领下，村民的思想观念更新了，脱贫致富的路子更宽了。"看着村里人的笑容，我觉得再苦再累都是值得的。"马自霞欣慰地说。

马自霞踏踏实实地办了一件又一件实事，让每一位村民都尝到了"甜头"。村民马俊伟说："前些年，我们家是建档立卡户，90多岁老妈多病，两个孩子还在上学，媳妇在家照顾老小，只有我一个人外出务工，家庭生活确实困难。2016年，我的房屋也属于危房范围，马支书看到后，从外面给我赊砖和水泥，在她的支持和帮助下我新建了120平方米的砖瓦房，解决了住房安全问题。她还帮助我贷了8万元，鼓励我发展滩羊养殖，从最初的几只，发展到了100多只。现在全家过上了好日子，这都离不开马支书的帮助。"

村民马万财说："马支书在30多年的辛勤工作中，

兢兢业业为群众办实事，为我们村的脱贫攻坚、群众增收、村容村貌改善等作出了很大贡献。作为一个女同志能坚持这么长时间，确实不容易。"

"谁说女子不如男？一个女人家能'拿'住我们这些大男人，主要是因为她有一颗公道的心，一颗为民办实事的心。"村民马进福说。

一件件为民办成的实事，群众看在眼里，记在心田，打心眼里感激马自霞。"基层工作千头万绪、情况千差万别，往往是一事未平一事又起。时间久了，就算是铁人，也会疲惫。只要我们不忘记习近平总书记讲的'发展依靠人民、发展为了人民、发展成果由人民共享'，始终保持定力，一点一滴积累，就一定能够让百姓过上美好生活"。面对繁重的工作或偶有厌战情绪时，马自霞总是这样勉励自己。

退而不休　发挥余热丹心向党

干了 30 多年退休了，可马自霞热情还在，威信还在，为村民服务的心思一点儿也没减少。"一下子没活儿干了，心里总觉得缺点啥。"马自霞天天带着新任村党支部书记跑，"扶上马又送一程"。在乡党委的指导下，回六庄村成立了以马自霞为主要带头人的"霞光红志愿者服务团队"。"我成为志愿服务队一名光荣的志愿者，以实际行动弘扬'奉献、友爱、互助、进步'的志愿精神，促进民族团结与乡风文明，尽我所能，帮助他人，服务社会，深感荣幸。"马自霞说。

"为共产主义事业奋斗终身！"马自霞说，这句誓言说起来宏大，做起来具体，她愿用一生去践行。2020 年，回六庄村建立了特色民俗美食文化苑，初步形成了以各类面食为主的面点加工产品，以及以滩羊、肉牛为主的各类肉食品冷链和熟食品销售链条。

"这是帮助乡亲们增收致富的好事，我退休了也没啥事，就主动请缨，发挥余热经营特色民俗美食文化苑，把产业做大，带动群众走农产品产业化、品牌化的路子。"马自霞说。

走进现在的回六庄村，硬化的乡间小道、规整的农家小院、错落有致的围栏菜园，成为一道别致的景观。洁白的墙面、干净的洗手台，已成每家每户的"标配"。走进回六庄村特色民俗美食文化苑、美食加工坊和游客接待中心，古色古香的大厅里摆满了滩羊肉、香辣牛肉、土鸡蛋、小杂粮等。从墙上一幅幅老旧照片、一组组数据中，都能深切感受到回六庄村这些年发生的喜人变化。

在这片充满希望的热土上，正是因为有像马自霞这样退而不休、奉献不止的村支书继续奋战在乡村振兴的事业上，实现产业兴旺、生态宜居、乡风文明、治理有效、生活富裕的新农村建设一定指日可待。

"源头活水"润新村

在宁夏中卫市海原县李旺镇新源村的扶贫车间里，一群留守妇女正在飞针走线忙着手中的活计；一排排光伏发电板旁，村民们正精心清扫着电池板上的灰尘；一座座干净整洁的牛棚里，养殖专业户们正飞快地铡草……这一派安宁祥和、生机盎然的新农村景象，凝聚着新源村第一书记和扶贫开发驻村工作队队长苏锋的真情与付出。

2017年苏锋担任新源村第一书记，此后的两年里，他一直奔波在扶贫路上，一心一意为贫困群众谋出路，用实际行动履行党旗下的承诺，通过不懈努力摘掉了深度贫困村的帽子，成为村民们交口称赞的好书记。2019年，苏锋被授予"全国民族团结进步模范个人"荣誉称号。

深察民情找准工作切口

新源村属"十一五"时期海原县内生态移民村，村民从周边 6 个山区行政村搬迁而来，基础条件差，历史遗留问题多。

苏锋深知，扶贫想要做到精准，必须深入实地，摸清家底，以心换心赢得村民的支持和认可。刚到新源村，他便带着驻村工作队成员，深入田间地头、走进村民家中，对全村 183 户建档立卡贫困户逐户走访。他白天走村串户了解民情、掌握底数，晚上学习政策文件，梳理走访入户中发现的问题。一个多月的时间，他以村为家，主动放弃节假日，由一个"外来人"变成了老百姓的"贴心人"。原本不善言辞的他，越来越多地出现在群众的炕桌边、小院里，一口标准的普通话渐渐变了"味儿"，高频出现的乡音土话逐渐消除了他和群众的交流障碍。时间长了，他和乡亲们的交流也就熟络起来了。

光靠脑子记、本子记不行，为了全面掌握信息，苏锋自己专门设计了一张贫困户情况调查表，将贫困户家庭及成员信息细化为44项具体内容，涵盖人员、健康、低保、教育、种植、养殖、培训、就业、贷款等各个方面。他集中一个月的时间，逐户逐人核查填写，将全部数据录入电脑，实行动态化管理。

2017年下半年，苏锋积极协调落实扶贫项目，多方争取资金，对村部屋顶进行了翻修，对室内进行了粉刷；新建了村综合文化服务中心、公厕、蓄水窖、国旗升降台；他还向宁夏电投集团申请帮扶资金，修建了新源村休闲小广场，为村民新增了一处公共活动场所。通过强化党建工作，换届后的新一届村"两委"班子成员愈发团结，工作很快进入状态，基层党组织号召力、凝聚力、战斗力显著增强。这一切乡亲们都看在眼里，新源村来了一个为乡亲们办实事、办好事的第一书记。

用心用情鼓舞实干决心

苏锋始终难忘第一次入户时的情景，在贫困户杨德云家，当他揭开炕上的床单，发现下面仅有 5 公分厚的海绵时，他问道："你们就睡在这样的炕上？"那一刻，苏锋沉默许久，深感责任重大。

脱贫靠什么？实践证明，靠的是不甘受穷的志气、想事干事的头脑、苦干实干的劲头。扶贫最要紧的还是要扶志、扶智。一部分村民不论干啥事情都缺乏信心，还喜欢找借口，他们也想着把日子往人前头过，可就是下不了苦干实干的决心。苏锋坚持对他们进行扶志教育，给他们讲本村和附近村脱贫致富的故事，启发他们去思考，带着他们到由穷变富的农户家听拔穷根的具体做法和经历，催着他们学起来。还有一部分村民想发展，但不知道干啥。苏锋和他们一起分析情况，帮着他们从实际出发选脱贫产业项目，先选一些"短平快"的项目，帮助他们干起来，保证他们干了就能见效，不白干。针对一些"等、要、靠"思想还比较严重的村民，苏锋改变帮扶方式，不再直接发钱发物，而是将扶贫资金与脱贫项目挂钩，干了就补，不干就不补，干得多补得多，干得少补得少，逼着他们干起来。同时，严格执行脱贫项目的验收，对验收结果及时公示，接受群众监督，杜绝"租牛借羊"蒙混过关的现象发生。

功夫不负有心人，在苏锋的帮助和带动下，新源村的干部有了干劲，贫困群众提振了生活信心。村民杨志路鼓励儿子外出打工，自己在带孙子孙女的同时还申请贷款养了5头牛，力争让家里多一份收入；村民罗发福利用扶贫贷款买了20多只羊，媳妇在家搞养殖，他自己去外面打工挣钱，日子渐渐有了起色；村民马小将下决心扩大养殖规模，从最初饲养3头牛，逐步发展到饲养7头牛，每天既饲养牛，又抽空出去贩卖水果，在脱贫路上越走越有信心；村民马建虎一年之内赊销华润基础母牛3头，并贷款买了2头牛，一天从早忙到晚，虽然手上结起了厚厚的老茧，但是随着收入不断增加，他的脸上露出了更多的笑容。

精准助力实现增收致富

新源村的贫困程度比苏锋预想的要严重得多，村里的情况也比他想象的要复杂得多、困难得多。村民文化水平低，种植、养殖业受自然条件所限，形成不了规模，收入主要靠外出打工。繁重艰巨的脱贫攻坚任务使苏锋感到肩上沉甸甸的压力和责任。

如何让乡亲们通过劳动得到实惠？如何脱贫不返贫，实现共同发展、共同致富？这是苏锋思考最多的问题。为了能充分发挥自己在宁夏电投集团规划部门的工作经验，他和村"两委"深入调查研究，先后编制了《新源村2018年深度贫困村扶贫项目实施方案》《新源村深度贫困村脱贫攻坚实施方案（2018—

2020）》，建立了新源村 2018—2020 年脱贫攻坚项目清单，把推进产业高质量发展列入新源村脱贫攻坚规划，用实招精准助力乡亲们增收致富。

面对村子里的土地有闲置的情况，他向村民广泛宣传政策，耐心做群众工作，动员村民流转土地，申请建设光伏扶贫电站。起初群众对此反响并不积极，一些人等待观望，一些人直接站出来反对。为此，他先后 3 次组织召开村民大会，给大家讲建设光伏扶贫电站的原因和意义，讲土地流转的规定和程序，赢得村民的理解和支持。对于不同意流转土地的村民，他一户一户谈，讲情、讲理、讲法，后来村民们同意了，最终流转 180 亩土地，一个 300 千瓦的光伏扶贫电站成功落户新源村，使新源村集体每年实现稳定增收约 25 万元。

新源村的村民有积极就业愿望，但不便走出家门的劳动力较多，特别是留守的农村妇女，每天只能围着老人、孩子转，出门打工赚钱想都不敢想。为了争取资金建设扶贫车间，苏锋和村"两委"争政策、找企业、筹资金，通过近半年的努力，建设完成 625 平方米的扶贫车间。新源村及邻村 110 人实现了在家门口上班的愿望，每人每年保底收入 1.8 万元，谁干得多就拿得多。

光伏电站和扶贫车间的建设，使新源村集体资产从以前的 30 万元增加到 350 万元，村集体收入从以前每年 5 万元增加到 30 万元。从此新源村告别了"空壳村"与"贫困村"的外号，乡亲们的幸福生活有了奔头。

为了使乡亲们的日子越过越红火，在建设光伏发电与扶贫车间的同时，苏锋与村"两委"先后争取贴息贷款 462 万元，发放劳务奖补 79.7 万元，助力种植业、养殖业、运输业等发展。他积极引导建档立卡贫困户种植饲草、杂粮、马铃薯共计 168 亩，稳粮生产唤醒了沉睡的撂荒地。女人干养殖，男人跑运输。在扶贫政策的鼓励下，新源村有 100 多名青年人积极报名参加驾驶员培训，大力发展运输业，老百姓迈上了致富奔小康的康庄大道。

坚守原则把准惠民政策

两年的脱贫工作，苏锋让村民印象深刻的不只是他勤勉的身影，还有他坚持原则、认真负责的工作作风。

刚刚脱贫的村民罗吾什，上小学的女儿患上了眼角膜疾病，苏锋看在眼里、急在心里，忙前忙后为孩子申请办理低保，为的是孩子赴外地做手术时能充分享受国家医疗扶贫政策，使罗吾什一家不因大病再次返贫。

2018年，为了确保饲草和特色杂粮种植补贴发放公正，他带着驻村工作队成员，顶着烈日，满山头一尺子一尺子地测量每家每户的种植面积，被晒得脱了皮。个别贫困户种植了国家补贴目录里没有的饲草，在苏锋将该部分面积从种植补贴面积中剔除时，他们心里很不舒服，对苏锋拍过桌子，甚至辱骂过苏锋，但苏锋在原则问题上绝不后退。经过苏锋动之以情、晓之以理的解释说明，最终得到了他们的理解，他们说："我们知道，苏书记心里一碗水端平着呢！"最终村里为种植饲草、杂粮、马铃薯的农户，按照标准发放了种植补贴。

有的村民违反政策，私自将华润基础母牛倒卖、屠宰或移出县外，借了别人的牛来顶替，然后到处说自己也在养牛，苏锋却没有给他发放补贴资金。有人私下里劝苏锋，多一事不如少一事，悄悄发了补贴省了这些麻烦事。苏锋拿出突击检查时的取证资料说："若我今天发了这笔补贴，会有多少人也像他一样想着不劳而获？我们今后的工作怎么开展？"连续两年，他带着村干部一户一户查，严格按规定取消发放补贴或追缴赊销母牛款。辛苦没有白费、牛没有白追，牛的数量稳住了，养牛产业稳住了，村民从养牛上尝到了甜头，打心底感谢这个"追牛书记"。2019 年 1 月，自治区专项检查组到新源村突击检查华润基础母牛养殖情况，检查组说："新源村的第一书记确实对情况很熟悉，每家每户每头牛的去向他都一清二楚。"

委屈"小家"成全"大家"

驻村扶贫，生活条件特别艰苦。夏天天气炎热，十天半个月不能回家，无法洗澡，浑身难受，甚至不好意思靠近别人。冬天天气寒冷，屋里只有火炉子、电褥子，每天夜里至少要起来添两次煤，但依然很冷，半夜经常会被冻醒，还得时刻小心一氧化碳中毒。2017 年，苏锋靠着一辆摩托车跑了大半年，人晒得黑乎乎，每天都是灰头土脸的。公路上的大型货车很多，晚上骑摩托车尤其危险。每次从村里回到家，女儿都对他说："爸爸，你身上全是羊粪味。"

驻村扶贫，工作任务十分繁重。上面千条线、下面一根针，脱贫攻坚的每一项工作必须落实到每一户、每一人，这些都要靠驻村工作队和村干部去一件一件完成。苏锋白天入户核查、接待群众、参加会议、落实项目；晚上，夜深人静的时候，他还要整数据、填表格、建档案、写材料。

扶贫重任压在肩，常常失约家人成了苏锋心中难以抹去的愧疚。"恨不分身伴左右"，每次和女儿通话视频，苏锋都会有些心酸。"爸爸，周末你会回来陪我吧？""爸爸，学校组织亲子活动，你能回来吗？"这些话，两年里女儿不知道问了多少遍，每次失约以后他都向女儿诚恳道歉，可是他清楚，只怕下一次还要接着向女儿说"对不起"。

说起两年扶贫的苦和累，苏锋没有过多的言语，只是淡淡地说了句："其中的滋味只有亲身经历才能感受，但这段经历带给我的磨炼与收获，是我人生中最为宝贵的财富。"2018年初，原定的一年扶贫期满，尽管年幼的女儿期盼着他早日回家，但想到自己力推的扶贫项目还没有落地，要为乡亲们解决的问题还没有落实，他又主动向组织申请再干一年扶贫开发驻村工作。当扶贫期结束时，苏锋向村民告别，乡亲们拉着他的手叮嘱："别忘了新源村里有你的亲戚，一定要常回来看看！"想群众之所想，急群众之所急，苏锋的真情换来的是乡亲们的支持和拥护。

　　看着生活一天天发生新变化，乡亲们深情感恩党的脱贫富民政策，倍加珍惜各民族共同团结奋斗、共同繁荣发展的良好局面，更加坚定了听党话、感党恩、跟党走的信心。在新源村探索出的脱贫发展之路、绽放的民族团结之花，是苏锋递交的无愧于组织、无愧于乡亲的扶贫答卷。

鸣沙村里好光阴

中卫市沙坡头区迎水桥镇鸣沙村是一个移民新村，主要安置海原县李旺镇、李俊乡、甘城乡3个乡镇十几个自然村搬迁来的生态移民。

秋日暖阳，碧空如洗。上午9点多，村部前的广场上已热闹起来。广场边的橱窗展板中，展示着一块块让鸣沙村村民引以为豪的奖牌：全国民族团结进步模范集体、中国少数民族特色村寨、中国美丽休闲乡村……

抓住商机蹚出致富路

乔世有带着来自广东的一批游客刚参观完种植基地回到村子，这些游客都正拿着手机忙着拍摄美丽新农村的景色。

一栋栋白墙黛瓦的新居，用彩砖铺就的村道上飘落了一层金色树叶，在蓝天的衬托下有种说不出的美。恰有两只喜鹊在嬉闹，最后落在罗永兴家门前的大树上。

刚搬迁到这里时被确定为建档立卡贫困户的罗永兴家，如今大门口挂着"信用农户"的牌子。院子里，两个可爱的小孙子正追逐着玩耍。"如今的移民新村真是太漂亮了！"来自珠海的李女士参观完罗永兴家一边对同伴说，一边加入到同伴拍照的队伍中。

罗永兴说："鸣沙村距离沙坡头旅游景区不足两公里。村子规划建设得好，布局合理，环境优美，配套齐备，很有发展前景。自从鸣沙村与旅行社签订了每年接送 20 万游客的合作协议后，近来，鸣沙村每天都会迎接三到五批来自广东、江苏等地的游客。我每个月都能增加 2000 多元的收入。"

"不承想不敢想的好日子就在眼前。"老支书乔世有美滋滋地说。

2012 年，乔世有借着生态移民搬迁的机会，与海原县甘城乡的 20 多户人家一起搬到距离家乡几百里外的鸣沙村，其实就是奔着黄河水来的。在他的记忆中，老家山大沟深、环境恶劣、干旱少雨，缺水缺到人们做梦都在喊水。

刚来鸣沙村时，面对新环境以及人均占有土地仅一亩沙地的时候，一些村民有些失望。他们走到自家分到的田地里，瞅着还没有完全改良好的沙地，一边摇头叹息一边咕哝着："这地能种出粮食来？看起来还没有老家的田地好。"

于是，有人待了几天，就带着老婆孩子又跑回老家去了，还有的人干脆直接将刚分到手的土地流转出去，一家人就去银川打工了。

　　乔世有没有动摇。他想，不说别的，鸣沙村南边是九曲黄河，有水浇地一家子人也不会挨饿。加上这里交通便利，无论骑摩托车还是坐中巴都很方便，距离国家 5A 级旅游景区沙坡头旅游景区也不到 2 公里。他就不信，"这么平展展的地方养不活一家子人"。

　　大漠孤烟、长河落日，各种叫不出名字的野花，还有高大的杨树和槐树，都让乔世有觉得此地比老家环境好。

　　这么好的条件，还能没有生意做？乔世有把几个村干部召集到一起，说出了自己的想法。"我们大家都想想办法，赶上国家的好政策，我们就靠着沙坡头搞旅游产业，怎么都能挣上钱。"大家都很赞同，但想到搬到这里的大多是贫困户，缺少启动资金，即使想借助沙坡头旅游景区的地理区位优势，也很难发展起来。

　　乔世有说："资金的事情咱们再想办法，只有想不到的事，没有做不到的事。"

　　几经周折，征得村民同意后，鸣沙村村委会与宁夏田园风旅游管理有限公司签订合作协议。村民们齐心合力办起了 3 家农家乐。凭借 3 家农家乐，17 套农户房屋，加上 669 亩流转来的土地，鸣沙村开始集中打造葡萄、梨等特色采摘园和集民俗观光、旅游住宿、休闲娱乐于一体的田园综合体。

随着时间的推移，搬到鸣沙村的各族群众逐渐扎稳了脚跟。村民们都很高兴，因为他们可以长年在沙坡头旅游区打工挣钱。

2014 年，马德把自己家的一个客厅、三个卧室改造成了农家乐，每个卧室里面都摆放一张舒适干净的大床。他与妻子一起制作各种特色美食，当年他的农家乐就挣了 1 万多元，第二年收益就近 5 万元。

这个消息鼓舞人心，乔世有便趁热打铁，鼓励更多村民发展农家乐，一两年工夫，鸣沙村就有 20 多户人家靠农家乐致富成功。

看着一栋栋白墙黛瓦的新居，感受着蓝天白云下的鸟语花香，乔世有越来越感觉鸣沙村就像一个大花园。夕阳余晕透过层层枝叶洒在这青砖黛瓦的房舍上，给它抹上一层黄灿灿的颜色。几只燕子在空中掠过，当最后一缕晚霞隐去，放眼望去，整个村庄暮霭缭绕、万家灯火。在这里，家家有个小院子，门前对着绿水青山，晚上有虫鸣蛙叫。

白亮的家距村部不远，2012 年他们举家迁移到鸣沙村，住进了三室一厅的新居。刚搬到村里，他到处打工，还去新疆给人开过车，吃了不少苦头。他把自己家的土地流转之后，带了一些旅游帽和纱巾之类的小物品，在沙坡头旅游景区门口售卖，没想到一天就卖了几百元。他把这个喜讯告诉周围的邻居，邻居们也很快从城里购进了一些旅游纪念品，跟他一起出门兜售，获得的利润让他们很是惊喜。

于是，一传十、十传百，村民们都知道了这个好消息，大家放下农具，转身就成了生意人。

后来，离村子不远的旅游新镇正式投入使用。这之后，鸣沙村村民的就业门路更宽泛了。乔世有简单统计了一下，村里有十多个村民在沙坡头旅游景区上班，单位还给他们交了五险一金。旅游旺季时，村上有 20 多户居民都在指定地点从事旅游纪念品和土特产销售。同时，在旅游景区及附近卖场、酒店上班的村民也有上百人。

尤其是这几年，中卫市政府投资建设了鸣沙村特色旅游休闲项目，村容村貌焕然一新。鸣沙村逐渐成了集民俗观光、旅游住宿、休闲娱乐于一体的旅游村。

勤奋耕耘过上好日子

乔世有路过马敏玺家时，看见他和大儿子正在给新家贴瓷砖。

马敏玺 55 岁，也是 2013 年从海原县搬到鸣沙村的，家里有 5 口人。

乔世有进去跟他打招呼："你拾掇房子着呢？你家这几年日子过得好得很！"

马敏玺一边擦汗一边说："不盖房咋办呢？儿子

28 岁了，工作 4 年了，也该成家了。现在娃们结婚，没房子不行。这是我去年盖的两间房，今年装修一下，儿女回来以后家里也显得宽敞些。孩子们不在家时，新盖的这几间房，还能多接待几名来我们这里旅游的游客呢！"

"还是你家日子过得好，孩子们都争气，刚搬来时，一村子人，数你家最能吃苦！"

聊起过去，马敏玺太感慨了："那时真的是太苦了！种着十几亩薄田，遇到旱年，连种子钱都收不回来。后来我就跟着别人学着做点小生意，天一亮就骑着自行车到各村各户转，遇到羊皮收羊皮，遇到牛皮收牛皮，遇到羊毛也收。那时没有小喇叭，天热的时候把嗓子都喊哑了。遇到雨雪天气，人就被堵到半路上。有时走得太远，一时半会儿赶不回来，忍饥挨饿，那种辛苦只有自己才能知道。"

"搬到这里搬好了，比在老家强得多。"乔世有说。

当时，马敏玺的三个娃娃都在海原具上学，一家人的生活都得马敏玺自己想办法，他终于靠自己的不懈努力让一家子人过上了好日子！现在几个孩子都大学毕业了，马敏玺的老婆在家给来旅游的游客做做家常菜，旅游旺季时，孩子们都回来帮忙，一家人的生活越来越好。

马敏玺的妹妹马锁叶是村里的留守妇女。2012 年，马锁叶一家从海原县搬迁到这里的时候，家庭经济十分困难，炕上的铺盖都破破烂烂的，被确定为建档立卡贫困户。马锁叶文化程度不高，前几年只能到附近的种植基地、葡萄园打工，工作季节性强，收入不稳定。

2017 年，鸣沙村"两委"和驻村工作队在村里筹建了鸣沙缘面点扶贫车间，建立了鸣沙缘食品有限公司，对马锁叶和村里其他 49 名贫困留守妇女进行了为期 20 天的中式面点制作培训，解决了村里妇女就业渠道狭窄的问题。

"配料、和面、揉面、拉花，这些操作流程我都已熟练，也掌握了特色面点的制作技巧，做出的面点口感好。现在在家门口上班，既能挣钱又能照顾老人和孩子。"马锁叶说，"进扶贫车间上班后，我每月除了有一千多元的基本工资外，根据订单数量，还有额外的计件报酬，扶贫车间让我有了一份稳定的收入，把'面疙瘩'变成了'金疙瘩'。"

如今，鸣沙村家家户户还通上了天然气，村民再也不用烧煤了，真正过上了好日子。

携手奋进共享新生活

走进村部旁边的卫生院，乔世有见马德义正穿着白大褂卖药。马德义具有丰富的临床经验，他19岁就去宁夏医学院进修过，算起来至今已有四十余年。

乔世有跟马德义聊起了过往。

马德义当村医那些年，经济条件比较好，所以经常会接济村里的孤寡老人和缺吃少喝的人。这几十年时间里，已记不清帮了多少人。乔永银女儿得了先天性心脏病，每次来诊所看病，马德义只收他们本钱，其他所有费用都免了。一次有个姓张的老人，看病时说他手头有点紧，马德义就安慰他说没事，先看病，只要病看好，费用都是次要的。

"那时在李旺白梁村，看病的村民有时会将药费欠着，有的欠一元、有的欠两元……有人会在赶集时把钱还了，有人会拖很长时间，有人甚至永远不还了。但我也不去要，仍旧给大家看病，我知道家家有本难念的经。"

乔世有夸他心好、善良。

"大家都是从困难中过来的，没有党的领导，谁也不可能从大山里搬出来。我是党员，更懂得今天的生活来之不易。能用自己的一技之长为大家做点事情，我心里也感到很欣慰，都乡里乡亲的，还记那些零碎账干啥。"马德义说。

乔世有说："回想起来，那些年人都不容易，整天为吃穿发愁，现在的人真的像是在天堂生活。"

"就是的，现在村民的生活普遍好了，再也没有人在我这里欠账了，这本身就是一个大变化。"马德义感叹。

这时，村民杨生月来卫生院开药。

2013年，杨生月搬迁到了鸣沙村，结果第二年就发生了交通事故。当时他躺在家里万念俱灰，觉得没有出路，看着妻子一人出去打工，他真的不知以后的生活会怎样。

屋漏偏逢连阴雨，后来儿子又得了血液方面的病，村里人便纷纷伸出援助之手，30元、50元给他凑了4000元，加上微信圈里筹的七八千元，一共1万多元。可钱还是不够，就又跟亲戚朋友借，这个3万元，那个5万元。好在去银川把病看好了，杨生月心里的一块石头才落了地。

驻村工作队队员卢征在开展"四查四补"工作时得知杨生月家的情况，除了为杨生月办理政策兜底外，还帮他的妻子王进梅联系了务工岗位，为他们家申请了低保，根据他因残致贫的情况，制订了"一户一策"方案，帮助他如期达到脱贫标准。

　　这使杨生月感到了前所未有的温暖。"过去大家的日子过得像破麻袋，到处都是窟窿，现在的好光阴想都没敢想过。村里谁家有红白喜事，我都会过去帮忙。这次给我家孩子看病，也让我看到了人间自有真情在，多亏了大家帮忙，也多亏了医保政策！"

　　乔世有说："没事的时候，大家互相多走动走动；忙的时候，大家都要相互帮忙，日子总会越过越好。"

　　得益于易地扶贫搬迁政策，鸣沙村成为各族群众改变命运、实现梦想、成就幸福的地方。虽然来自不同地方，生活习俗不尽相同，但享受着党和政府的温暖关怀，沐浴着新生活的阳光，这里的群众深知好政策要变成好生活，离不开一个团结稳定的环境、一颗进取的心、一双勤劳的手，大家有困难互相帮、有致富路子一起走，在一点一滴的交往交流交融中形成了手足相亲、守望相助的命运共同体，共同为了美好生活而努力奋斗。村部文化广场旁"民族大团结"的石碑在这片图景中相得益彰、熠熠生辉。

洒甘露于人　蕴芬芳于怀

韩向宏在固原市原州区从事教育工作有 28 个年头了。

28 年来，作为一名老师，无论在什么地方工作，无论岗位如何变化，无论面对什么样的学生，他始终秉持教书育人的宗旨，践行教师这一职业的神圣职责，将守望相助、团结友爱的种子播撒在各族学生的心灵深处。正是在他的倡导和带领下，原州区第十三小学成为原州区民族团结教育基地。

暖心经历浇筑大爱蜡炬

韩向宏出生在原州区黄铎堡镇曹堡村，各族群众在这个村子里扎根安家，村民不论贫富、不论民族，一排篱笆卜根桩，一家有难大家帮，邻里之间遇到大事小情，你来我往，彼此伸把手、帮个忙，和睦相处、互爱互助，"远亲不如近邻"正是这里的村民们多年来手足相亲的真实写照。自幼在这样的环境下长大，韩向宏的心里早就埋下民族团结的种子，也为他今后的奋斗方向埋下了伏笔。

韩向宏就读固原师专时，因为表现优异，学校推荐他去宁夏大学深造，可当时家庭贫困的他交不起学费。正当一家人为这件事一筹莫展时，村里一个养羊的大叔知道后，将手头的 200 多元钱毫不犹豫地借给了他，支持他去宁夏大学上学。要知道，当时的 200 多元钱对于一个农村家庭来说，是一笔不小的数目。虽然后来由于种种原因，他没有去宁夏大学继续学习，但是这份在危急之中伸出援手的大爱义举深深地烙在他心里,让他每每想起这件事时心底都涌出无限的温暖和感动。像这样的暖心之举,在韩向宏的成长过程中比比皆是,正是这些经历,让他在工作中始终把民族团结放在心坎上。

毕业后,韩向宏被分配到原固原县甘城乡乔畔村小学任教。走上工作岗位,他对教书育人这个行业充满了热爱和激情,希望把自己所学知识全部传授给学生。学校开设的课程他几乎都能胜任,教完语文教数学,甚至音乐、体育、美术也全包了,弥补了当时学校师资匮乏的缺憾。韩向宏每天都是围绕着学校的工作——备课、上课、批改作业和学生交流、互动。虽然身兼数职,可他从来不觉得累,也没有耽误过一堂课。他上课充满激情,学生们都很喜欢他的课。正是他的这份认真和执着精神,打动了学生的心,感动了家长,大家都记住了他的这份真情,感谢能遇到这样的好老师。

后来,韩向宏又陆续去过好几个学校任教。教学之余,他一直在认真琢磨,怎样才能将学校建设成"育苗"的主阵地？怎样才能将民族团结教育贯穿于学校教学的各个环节？怎样才能将友爱的种子播撒在每个学生幼小的心灵？怎样才能让孩子们纯洁无瑕的心灵开出团结之花？韩向宏调入原州区第十三小学任校长后，他结合校园教学实际，努力探索出一条特色鲜明、生动活泼的民族团结教育实践之路。

一个人生命中最大的幸运，莫过于在年富力强时，追逐自己的梦想，并努力全部实现。在这方面，韩向宏无疑是幸运的，在他的努力下，他把原州区第十三小学建成了一所民族团结的样板学校。

"课程超市"点燃学生梦想

有位哲人曾经说过，"教育的本质是一棵树摇动另一棵树，一朵云推动另一朵云，一个灵魂唤醒另一个灵魂。"只有优秀的人从事教育，才能培养出更优秀的人。

自2012年韩向宏担任原州区第十三小学校长后，他非常注重民族团结教育，结合多年基层教学经验，组织团队积极策划"课程超市"。

在韩向宏的带领下，2012年6月，"课程超市"正式启动，投入教学。

"课程超市"内有20多门课程，包括"花儿"、竹竿舞、乐器、合唱、武术、秦腔、书法、绘画、皮影、泥塑、剪纸、手工制作等，除了本校老师和当地名师开设的多门优秀文化艺术课程外，还通过互联网引进各地名师课堂，把中华优秀传统文化带给学生，学生可以根据自己的喜好和特长自主选择课程。多样的课程设置既丰富了教学内容，提高了学生学习的积极性，也让这些地处偏远地区的小学生可以对话全国名师，受到中华优秀传统文化的浸润。这种教育模式在当时当地而言，是非常了不起的一项创举。

韩向宏的"课程超市"充分体现了"兴趣是最好的老师"，把学习的主动权交还给了学生。对于学生喜欢的课程，会投入更多人力物力进行打磨，让课程更能适应学生现状，更好提升学生能力素质；对于学生不喜欢的课程，则会在"课程超市"里"下架"，腾出精力来继续开发受欢迎的课程。他亲自试课后，教学效果十分明显，不仅在学生中大受欢迎，也得到了老师们的大力支持，原来有顾虑的老师也逐渐投入其中，纷纷开设课程。

"课程超市"就像把丰富多彩的课外培训班开到了学校，不仅让学生们能够参加自己喜欢的项目，培养和发展个人特长，还弥补了偏远地区孩子家庭教育的缺失和不足，让每个孩子通过学习各种课程，参加各种活动，增强了自信心。"见过了世面"的孩子们逐渐变得自信开朗、积极进取，最直观的感受就是胆子大了，更加阳光了。这正是"课程超市"的价值所在。

"课程超市"运行进入正轨后，学校组建了二胡、笛子、葫芦丝、架子鼓等10多种乐器兴趣班，共有20多名学生参加。在这之前，有些乐器对于学生而言是陌生的，可能摸都没摸过，而现在，他们能够演奏不同风格的曲目。

固原当地"花儿"和秦腔作为主要课程进入"课程超市"以后，很受各族学生的欢迎。学校邀请当地演艺名家走进校园，为学生亲自授课指导，还把固原市最有名的3项非遗项目——剪纸、泥塑、皮影也请进校园，让更多的孩子在艺术的熏陶下成为传统技艺的宣传者和传承者，不仅为中华优秀传统文化的传承提供了土壤，也把学校素质教育推向了新的高度。

在"课程超市"的带动影响下，全校1000多名学生组成了20多个社团，在老师们的指导下开展各种社团活动。在这个过程中，师生们互动交流、团结互助，形成了全校一家亲的良好氛围。而在这些课程和活动的促进下，学生们不仅发现了自己的艺术特长，文化课学习的积极性也前所未有地高涨，学习成绩节节攀升。

一年一度的六一儿童节和校园文化艺术节，对于原州区第十三小学的师生们来说，可谓一场"盛会"，是学生们大显身手的机会，也是老师们收获成果的时机。校园内，"花儿"演唱和秦腔表演，此起彼伏，使每一个人陶醉其中。尤其是以中国历史故事为主题的皮影演出、肖像剪纸、泥塑，充分展示了学生们的聪慧和想象力。凭借这些教学成果，原州区第十三小学成为第二批全国中小学中华优秀文化艺术传承学校。每年学校都会组织学生参加原州区教育系统的各类技能大赛，例如"小歌手""小舞蹈家"比赛和田径运动会等，无论是个人还是团体，都取得了不错的成绩。

每个孩子都有向上向善的初心，他们都希望自己在父母、老师眼中是一个品学兼优、阳光自信的孩子。"课程超市"给了学生们能够在自己喜欢和擅长的领域发光发热的机会，激发了学生学习的内生动力。韩向宏认为学校教育应该把积极向上的种子播撒在学生心中，让他们沿着正确的轨道茁壮成长，不能让一个学生掉队。在这种想法的促使下，韩向宏想方设法把更多的中华优秀传统文化请进校园，让学生们不断增强对中华民族、中华文化的认同，增强团结一心的凝聚力、向心力和奋进向上的自信心、拼搏心。

接续努力守护民族团结

在韩向宏的倡导下，原州区第十三小学还将民族团结进步教育与校园文化建设相融合，不断挖掘学校资源优势，开展民族团结教育"十个一"系列活动，倡导学生读一本民族团结题材的好书，唱一首民族团结歌曲，开一次"六盘儿女一家亲，同心共筑中国梦"少先队主题班队会活动等，并联合周边学校一起参与相关活动。在校报、学校走廊文化墙、班级黑板报等融入中华文化符号，让学生在耳濡目染中加深对中华民族的了解。

你若盛开，蝴蝶自来。

韩向宏的教育实践被列入"少年宫进校园"项目，每年投入 5 万~10 万元扶持资金，保障了"课程超市"

的顺利进行。这是对基层学校开展特色课程的极大鼓励，也是对全区民族团结进步事业的有力支持。

随着各级领导和组织的关注，原州区第十三小学共接待全国各省区代表团观摩交流40多次，成为宁夏民族团结进步宣传教育的亮丽名片。

韩向宏认为，人总要把时间和精力投入到一些有意义的事情中，方可掂量出自己的价值。一分耕耘一分收获，他围绕"课程超市"提出的课题《抓党建促中小学校民族团结进步教育研究》，被宁夏党建研究会教育系统党建研究专业委员会立项，并顺利结题。同时，原州区第十三小学推出的民族团结进步教育模型成果，荣获自治区教育厅首届教育优秀教学成果评比大赛一等奖。

为了使原州区第十三小学的先进经验在更大范围推广，韩向宏先后被调入原州区第四小学和原州区第二小学任党支部书记兼校长。"士不可以不弘毅，任重而道远。"这是一条肩负使命的路，在新的岗位上，韩向宏不忘初心、牢记使命，不停地在创新和探索中前行。

　　教育是国之大计。因为热爱，韩向宏选择了三尺讲台；因为执着，校园里多了一位好老师；因为初心，我们又多了一名民族团结生命线的守护者。韩向宏用他的艰辛付出，点燃了明灯，照亮了一个个幼小的心灵，让民族团结进步事业的成果殷实而厚重！

月牙湖的"铿锵玫瑰"

一排排整齐的蔬菜大棚，一栋栋有序的红色砖瓦房，四通八达的水泥路，整齐的厨房，干净的厕所，村民们脸上洋溢的幸福笑容……这一切让人怎么也无法把它和多年前一个遍地荒芜、贫穷落后的乡村联系起来。然而，当见到年轻、干练、富有亲和力的王妮，就感觉村庄的面貌和这位干部的精神状态一样，充满勃勃生机。这位眼里有光，心里装着百姓，做起事来透着一股韧劲的年轻干部就是银川市兴庆区月牙湖乡党委副书记。她出生于 1989 年，2015 年 10 月来到月牙湖乡人民政府后从事扶贫工作。回想起这些年的点点滴滴，王妮感慨万千。

"只有团结一心，才能消除贫困的根"

月牙湖乡距离银川市区有 50 多公里，地处毛乌素沙漠与黄河交接处，居民以彭阳、海原县移民为主，是一个多民族聚居的乡村，经济发展相对落后，下辖的 12 个行政村中有 5 个为自治区级贫困村。这对刚走上工作岗位的王妮来说是一个锻炼的机会，也是一个无比巨大的考验。

每次入户到群众家里，当王妮看到村民家境窘迫，她都心酸得掉眼泪。回到家里，想起入户的一幕幕揪心画面，她坐立不安。她不断地鼓励自己，作为青年一代大学生，接受过良好的高等教育，有思想、有文化，每天都与群众打交道，对他们的状况如此熟悉，所以一定要帮助他们"拔穷根"。

然而理想是美好的，现实却不尽如人意。

"咋把这么重大的工作交给了一个小姑娘？"2016年，入职不满 1 年的王妮调岗，一个人负责兴庆区月牙湖乡的脱贫工作，这引起不少村民议论，更多的是对小姑娘的质疑："就这个从城市来的女娃能干好我们这里的脱贫工作？"

由于各民族生活习惯不一样，一开始常有人三天两头跑到乡政府告状，都是一些鸡毛蒜皮的小事。时间长了，王妮在解决这些小事情方面也摸索出了一套经验办法。乡政府实行邻里和谐积分兑换制，用来奖励平时能够积极维护邻里关系的村民。这样一个小小举措，增强了村民的主人翁意识，引导村民认识到和谐村庄是大家共同建立的，爱家爱村，是大家共同的目标。2018年春节临近时，小塘村50多岁的马启柱直接冲进王妮办公室大声质问："为什么别人家的补助是3000元，而我家却只有2000元？"王妮请他坐到沙发上，端上一杯清茶，一边安抚大叔的情绪，一边开始翻阅资料。原来，3000元是相关产业扶贫补贴，马启柱已享受过，此次2000元是"见犊补母"政策补贴，马启柱自己弄混淆了。王妮把各项补助依据一一出示给马启柱，在她的解释下，大叔愤怒的情绪渐渐消解了。

从接手月牙湖乡的扶贫工作起，王妮记不清接待过多少名像马启柱这样的群众。"只要群众心中有疑虑，我必须做出细致准确的解答。"王妮知道党的政策必须让每户群众明明白白地享受。在她心里，群众之事无小事，只有消除误解、解除隔阂，才能带领乡亲们走上脱贫致富的道路。

脚踩泥土，心系群众

扶贫是一项耗时耗力的辛苦工作，对于身材娇小的王妮来说这样的工作的确是块难啃的"硬骨头"，可王妮却把"扶贫"二字融入她的血液中，成为绽放在扶贫一线的"铿锵玫瑰"。刚到月牙湖乡扶贫时，面对乡、村两级的扶贫档案资料无分类、无归档、部分数据不够准确的现状，王妮毫不犹豫，一头扎到资料堆里忙起来。为确保扶贫资料真实有效，她和村干部们开始一户一户地走访贫困户，采集农户基础信息，核算农户收入支出账目信息，向贫困户宣讲扶贫政策。为提高工作效率，及时抓住群众在家的有效时间，她选择晚上和周末入户采集信息，每次入户回来，往往早已过了饭点，她就随便吃点泡面应付了事。深夜，她又埋头整理入户的信息和数据。她对工作细致负责，有时候为了一个数据，会反复核实多次，拿她自己的话说："数字弄准了，基础才能打牢。"

2016年以来，王妮通过开展信息排查、入户走访核查、贫困人口信息采集、档案分类归档等工作，走访贫困户2000余户，整理各类扶贫资料1000余份，保证了月牙湖乡扶贫资料清晰完整和信息真实有效。每当夜深人静时，总能看到在月牙湖乡政府的办公楼里一个瘦弱的姑娘一边翻阅着成堆的资料，一边敲击着电脑键盘。

月牙，一弯扶贫路上的灯盏

入户走访是每一个扶贫专干的基本工作，但是这对从小在城市长大的王妮来说并不容易。由于村上的移民户多来自彭阳县，地方口音浓重，为沟通带来很多不便。语言交流障碍着实让王妮吃了不少苦头。马成、马百旦兄弟俩都是二级残疾，生活非常困难，为了能保证他们的生活质量，王妮想让兄弟俩去集中供养处，但因为沟通交流困难，迟迟没有说服他们。王妮和网格员入户十余次，才说服兄弟俩去集中供养处。经此一事，王妮想出一个解决驻村干部沟通难的办法。那就是从月牙湖本地的移民中选出一些文化程度比较高的村民作为网格员，摸排所有建档立卡户的动态信息。每一个村安排一名网格组长和多名网格员。有了网格组长和网格员的协调帮助，大大提高了定位精准度和现场排查工作效率。王妮能第一时间解决群众遇到的问题，只有实实在在为百姓办实事才能得到百姓的认可，也才能真正走到群众当中去。

细致入微是王妮的"特长"，而她也善于运用这一优势，与贫困户拉近距离，通过真心交流来帮助大家转变观念、树立信心。经过她的不懈努力，她将村里那些没有劳动能力老人的子女一个个全部联系上，让他们都签订赡养协议，使老人们老有所依；对于那些五保老人，通过多次做思想工作，送他们到养老机构颐养天年……

近5年来，王妮的足迹遍布每一户贫困户家中。56岁的村民马玉成长期患有慢性病，无法外出务工，且家中还有一个在中学读书的孩子，经济状况捉襟见肘。当了解到他家的情况后，王妮自费购买米面油去探望，并从自己的工资中取出200元钱送给马玉成，鼓励他坚强地面对生活。王妮起初用这种最直接的方式温暖着贫困户的心，可是扶贫终究不能这样简单解决，更重要的是要增加贫困户的收入，他们才有长期的生活保障。为此，王妮积极协调，马玉成被聘为村保洁员，每年有近2万元的收入，帮他解决了后顾之忧。

2020 年任月牙湖乡党委副书记之后，王妮觉得自己身上承担的责任更大了。她最担心的是月牙湖乡那些重残、重疾家庭。建档立卡户马志云的妻子患了心脏病，看病花了 12 万元，几乎花光了家里所有的积蓄。由于马志云对政策不熟悉，只报销了基本医疗费。王妮了解马志云家的情况以后，考虑到可能还有与此类似的情况，于是组织网格员对乡里所有的因病致贫建档立卡户进行摸排，协调卫健、医保等部门再次审核报销。

5 年的扶贫之路虽然泥泞，王妮却一步一个脚印踏实地走了过来，她用实际行动践行为人民服务的初心。如今的月牙湖乡已圆满完成脱贫攻坚任务，各族群众携手奋进、共同致富的幸福图景随处可见。

月缺月圆都是情

基层干部是一种职业，更是一种责任，一种付出。作为一名年轻的基层干部，王妮用美好青春诠释着共产党人的初心使命，把贯彻和落实党中央的指示和号召体现在行动上，把各级党委、政府的决策部署体现在工作成效上。她说，自己将继续在平凡的岗位上，将月牙湖乡现有的脱贫成绩巩固好，将现在良好的发展势头延续下去，为全面实施乡村振兴战略、奋力开启社会主义现代化新征程奉献青春，不辜负百姓的期盼。

"王副书记吃饭了没？"一个戴着太阳帽，骑着电瓶车的妇女迎面过来和王妮打招呼。

"没呢，还没下班呢。"王妮笑着回答。她是从海原移民过来的，看见王妮就主动过来打招呼。

"王副书记了解情况呢？"一个个子不高皮肤黝黑的村民看见王妮热情地迎上来，这里的村民都对她很熟悉。这个身材不高、皮肤黝黑的村民是月牙湖乡涌捷农林专业合作社的曹伟勇，他在月牙湖乡承包600多亩土地，以种植无花果、蟠桃、葡萄为主，是这里的一名致富带头人。

王妮一路观看，与村民们一路相互问候。这些问候是乡亲们对王妮这么多年辛勤付出的肯定，也是对王妮能融入这片乡土乡情的感谢，她的全心付出终于收获了村民们的认可。

大棚里的玫瑰花尽情绽放着，每一朵都很别致，每一朵都吐露着幸福和甜蜜。蟠桃刚好露出小酒窝、红脸蛋，等待主人的采摘和品鲜。蟠枣是今年研发的新品种，一个个嫩绿的小果小心翼翼地挂在枝头，风一吹仿佛发出欢快的歌声，感谢着每一个劳动者的辛勤付出。这里是多民族聚居的普通乡村，这里也是民族团结的见证地，这里还是年轻干部追求理想的广阔天地。在这里，帮扶的初心不变，协作的脚步不变，各民族人民团结一心、向着小康奋斗的目标永不改变。

俺们贴心的"领头雁"

"山河存大美，大爱写春秋。"灵武市郝家桥镇王家嘴村原党支部书记朱秀娟，有着一颗对基层事业、人民群众的赤诚之心。她是率领全村群众发家致富的领头雁，是村民们的主心骨。村里的一草一木、一枝一叶，都记载着朱秀娟走过的路和在她带领下王家嘴村的巨变。

"后进村"的村支部书记

1997年春天,朱秀娟当选为王家嘴村村支部书记、村主任。她觉得任务艰巨,责任重大。在她任村干部的时候,就深深感到村里面临着很多困境和难题,主要困难是村民的收入整体偏低。朱秀娟带领村干部认真查找过去工作中存在的"问题"和"病根"。经过和村民交流及对村委会工作的"诊断",朱秀娟认为主要原因是村支部的战斗堡垒作用发挥得不好,党员的先锋模范带头作用发挥得不够,村干部作风不扎实,解决矛盾纠纷不及时,造成农业生产、农机耕地、挖沟挖渠等几项工作滞后,使王家嘴村成了当时全乡有名的"老大难"和"后进村"。

喊破嗓子不如做出样子。朱秀娟暗下决心,一定不能辜负全体村民的重托和希望,一定要把王家嘴村的各项工作干出个样子,干出个名堂,要带领全村甩掉"老大难""后进村"的帽子。"我们王家嘴村的自然条件不比其他村的自然条件差，我们能用自己的双手让生活富裕起来，让日子一天天好起来！"她常在村里的会上对村民们这样说。

她是这样说的，也是这样做的。

朱秀娟担任村支部书记前，村里有些懒散的农户不务正业，喜欢在扎堆晒太阳的时候捣闲话弄是非；当村里发生矛盾和纠纷时，村干部不能及时处理导致矛盾激化，造成群众上访事件多发。

在朱秀娟的带领下，这些长期困扰村委会工作的难题，一件一件得到了解决，她也逐渐赢得了村民的信任。

挨骂、受委屈在农村工作中是家常便饭。朱秀娟有魄力，也比别人更有耐心和韧劲。曾有人不解地问朱秀娟，放着医疗站的医生不当，为何非要在村上干这些出力不讨好的事。朱秀娟说："当赤脚医生的时候，治病救人是我最大的心愿。但有很多困难的家庭，没钱治病。有些人有病也舍不得花钱治，因此把小病耽误成了大病，甚至成了不治之症。"那些年，朱秀娟亲身经历了很多这样的事情，虽然她尽自己最大努力医治救助了很多村民，但那些有病舍不得花钱治的村民，让她深深感到无力和无奈。

"与其医治病患，不如解决百姓没钱治病的问题。"朱秀娟渐渐有了这样的认识。她要做的就是为村里谋出路，为王家嘴村的村民谋一条创业致富的康庄大道。

创业致富"领头雁"

王家嘴村共有 14 个自然村。村里田少人多，村民大多数没有固定收入。刚担任村支部书记时，朱秀娟首先想到的就是要调整产业结构。2000 年，朱秀娟发现红提葡萄反季节销售的价格是一斤十几元，她动了心思，想让大伙儿也试试。可响应的人很少，村民们一是没有本钱投资，二是害怕赔钱。

朱秀娟动员几个有些心动的村民搭建种植示范区，先是流转了250亩土地，然后积极为乡亲们联系贷款、钢架、苗子，并自己出钱带领大家到吴忠等地学习，带领群众建温棚，种植反季节蔬菜。那一年，村里发展日光温棚种植西红柿和黄瓜，当年就让村民尝到了甜头。其间还发生了一件让她遗憾的事——购买了一批不好的西瓜苗，让一些村民遭受了经济损失。"这是我这么多年做的最对不起百姓的事，即便他们没有埋怨我，我心里也特别内疚。"朱秀娟说，她要加倍补偿大伙儿。同时，她也对自己提出了更高的要求。她说："要想把某个行业做大做强，你自己必须成为这个行业的行家里手。"

"必须让村民走出去看看反季节蔬菜的销路有多好，才能让更多的人参与到创业队伍中来。"朱秀娟自己出钱，先后组织100多名妇女到银川市塔桥村、玉泉营、青铜峡等地实地考察学习。在这些长了见识的"生力军"的支持下，朱秀娟在王家嘴村开始大规模筹建种植示范区。2008年，在自治区农牧厅支持下，王家嘴村在灵武市率先实施了第5代高效日光节能温棚技术示范项目，成立了蔬菜合作社、养殖业协会、草编协会，从种养经济、加工经济、劳务经济三方面发展产业。干一行就要爱一行，好学能干又肯吃苦的朱秀娟很快就成为这个行业的行家里手。如今，王家嘴村仅日光温棚一项，年产值就达2400万元，村民人均年收入比过去翻了3倍。

"去年，我家光种蔬菜就挣了6万元。"村里温棚蔬菜种植大户杨翠兰说，言语间流露着幸福。

"朱书记能跑能干，她做事百姓信服得很。"村妇联主任李金凤这样评价朱秀娟。

"乡亲们相信我，我就一定要干出个样子才行。"朱秀娟干劲更足。

接下来几年，王家嘴村发展草编、苇编、畜牧养殖等特色产业项目，解决了250多名剩余妇女劳动力，年创收200多万元。王家嘴村成立各类小微企业、个体、工商户240多家，带动就业1300多人。朱秀娟带领村队干部从方方面面为群众谋出路，王家嘴村的乡亲们心里明白，这是朱书记带领干部群众夜以继日、呕心沥血、辛勤工作的结果和最好见证。

朱秀娟带领王家嘴村干部群众经过多年的努力奋斗，使这个曾经全镇出了名的"老大难""后进村"，一跃成为了全镇、全市的富裕村、先进村。

无悔的选择

不负时光，不负韶华。

朱秀娟从治病救人到带领乡亲们致富，实现了从医生到村官的蜕变。年近古稀的朱秀娟在王家嘴村连任了20多年村支书，每次选举，她都是全票当选。

为解决村里留守老人吃饭难问题，朱秀娟精心策划，积极协商运作，于2011年成立了养老服务站，解决了老人吃饭难、娱乐生活欠缺的问题。为了解决农户看电视信号弱的问题，她多次与市广电局联系，在全村实施"户户通"工程，使全村 900 多户村民收看到了高清电视节目。为解决部分农户住房年久失修、存在安全隐患的问题，她积极与民政局、建设局联系，对全村 23 户农民的危房进行了重建改造，解决了这部分住户的后顾之忧。朱秀娟还与多个部门联系，重点解决低保户、困难户的脱贫帮扶工作，使 84 户贫困户全部脱贫。村里建起了卫生室、农资店、残疾人康复中心等。走进王家嘴村，人们看到的、感受到的是环境优美、群众富裕的和谐景象。

这样的一个女强人，也有自己的遗憾，也曾流下伤心的泪水。

2002 年 2 月的一天，朱秀娟在家为大孙女做好午饭，便急着去村部工作，没留意年仅 3 岁的孙女尾随着她的摩托车横穿马路，被车撞了。孩子被紧急送往医院救治，在昏迷了 7 天后终于被抢救过来，但却落下了终身残疾。

此后，4 个孙子孙女她一个都没有带过。每天早晨 7 点出门，晚上 9 点回家，在家里她常常疲惫得不想多说一句话，孩子们体谅朱秀娟，不想让家里的事拖了她的后腿。而这也恰恰是她最为内疚的事。有人问朱秀娟，当了这么多年村支书，有什么感受。朱秀娟说："做了这么多年村支书，我对得起村民，却对不起家人。我不是个好妻子、好母亲、好奶奶。"说这话时，她的眼中满含泪水。

王家嘴村村民富起来了，日子红火起来了，朱秀娟也赢得了村民的信赖和尊敬。

有一年夏天，朱秀娟骑电动车去给村民杨文俊的孙子办理落户，被迎面而来的轿车撞上，头部出现血包，脚踝骨折。医生建议她住院治疗，可她天天急着要出院，说有一堆事等着她回去干，在村上给乡亲们办事还能锻炼身体，她认为自己的身体结实得很，很快就能恢复。在住院的二十多天里，病房里每天都有村民过来看她，"大妈""姨妈"地称呼着朱秀娟。她说："村民信任我，我就很知足了。我现在能做的，就是带领村民们过上更好的日子，帮助他们解决更多的困难。"

村民杨翠兰家大棚受灾了，那可是一家人的主要收入来源。朱秀娟知道后，第一时间到现场察看，多次和村干部商议，帮助她渡过了难关。杨翠兰说："受灾后，正当我一筹莫展的时候，朱秀娟主动上门帮助我解决了困难。无论村民谁家遇到事，朱书记总是第一时间帮助大家解决。她就是我们的知心大姐！"

朱秀娟自己的事，说放一边就放一边了，但村民每次打电话告诉朱秀娟，家里有了意外或谁得了病需要帮助，她都会以最快速度赶到。朱秀娟说："作为党员，若没有奉献精神，就不能获得群众的认可和尊重。"朱秀娟一直认为，村民的困难就是自己的困难，作为村党支部书记、村主任，朱秀娟就是这个村的带头人、当家人。

群众的贴心人

人心换人心，党员和群众心连心。

朱秀娟常说："要带好头、当好家，首先要做到与群众心连心、心贴心，与群众交朋友，他们才能把真心话说给你，他们才能真心真意为你出主意想办法提建议，帮助你干好村里的各项工作。"

王家嘴村的变化可以用翻天覆地、日新月异来形容。村里今天取得的各项成绩来之不易，这与朱秀娟同志爱村如家，爱村民如亲人，爱事业如挚友，日积月累形成的扎实的工作作风和敬业奉献密不可分。

村民吴桂芳丈夫早逝，留下三个年幼的儿子，朱秀娟经常到她家进行安慰鼓励，并号召村民帮助吴桂芳种田、修房、干家务、捐款。吴桂芳心里暖暖的，并以朱书记为榜样，教育三个儿子要好好学习，长大了要像朱书记那样，做一个受人尊敬的人。后来吴桂芳的三个儿子都考上了大学。

　　村民朱学成患肝癌去世，妻子又遇车祸身亡，留下三个女儿成了孤儿，无人照顾。朱秀娟多次向镇政府、民政局、公安局反映朱学成家的实际情况，请求从各方面对三个孩子给予照顾，除此之外，还给她们争取到了贫困资金，帮助她们盖了新房。现如今，朱学成的大女儿和二女儿已出嫁，三女儿招了女婿，也已成家，三个女儿都过上了幸福美满的日子。

　　村民丁红梅的丈夫因病去世，生活十分困难，朱秀娟多次与市妇联和工会联系，得到了他们的大力支持，进而解决了丁红梅家孩子上学和生活贫困的实际困难。

　　村民霍海春是个有志青年，他以前在外面跑运输，后来看到搞温室大棚种反季节蔬菜是个商机，他就想流转本村的300多亩土地创业建大棚种蔬菜。想法反映到了村委会，朱书记和村队干部都很支持，可是个别村民不愿意把土地流转给霍海春，朱秀娟多次到这些村民家里做耐心细致的思想工作，使他们打消了顾虑，解开了心中的疙瘩，答应把田地流转给霍海春。

如今，村里的温室大棚发展到了 500 多个，年销售收入达到 500 多万元。每逢提起此事，霍海春非常感激地说："没有村队干部的支持，没有朱书记苦口婆心做群众的思想工作，我的愿望和创业计划就不可能实现。"

每当谈起王家嘴村今昔的变化与取得的成绩，村民建筑大户韩万这样评价朱秀娟："她是俺们王家嘴村连选连任 20 多年的村支部书记，她把一个贫穷的王家嘴村带向了共同富裕的道路。她是女中强人，她是我们全体王家嘴人的骄傲。"

朱秀娟是一位土生土长的农村基层干部，对养育她的这方热土和人民群众有着深厚的感情。20 多年来，朱秀娟在自己的工作岗位上用一颗火热的心，全心全意地为全村广大群众服务，展现出了一位共产党员的担当与风采。她也曾多次受到各级人民政府的表彰，获"全国双学双比女能手"、全国五一劳动奖章等荣誉称号。

"一生执着为民愿，乡土情深度韶光。"这是朱秀娟 20 多年来工作的真实写照。正是这种坚守初心和执着追求的精神，让她在服务百姓、建设家园的道路上贡献着光和热！

带头圆梦的"村里人"

在宁南山区的西吉县什字乡南台村，有位家喻户晓的人物，说起他，当地各族群众无不拍手称赞，打心眼里感激他。连续 4 年，他带领南台村干部群众奋战在脱贫一线，为共圆致富梦想不停地奔波着。他就是西吉县什字乡南台村第一书记金玉忠。

新来的"村里人"

2015 年 1 月，金玉忠被派往南台村担任驻村第一书记，开始了 4 年的扶贫之路。

初到南台村，村民们对金玉忠没抱太大希望，总觉得这个来自城里的领导是来镀金的，过两年就回城里上班了。但没过多久，南台村村民的想法就发生了变化。

上任以后，金玉忠就发现，过去那些恨不得一天走遍所有贫困户，为了入户而入户，为了完成任务而走访，到了贫困户家中，第一句话就是"请把你那个档案袋拿出来"，然后填表、签名、拍照、走人，这种缺乏沟通、敷衍了事的扶贫工作方式，村民们是非常反感的。

为了减少与群众的隔阂，尽快摸清村子的产业基础，详细了解贫困户的生产生活情况和致贫原因，金玉忠改变了以往的入户方式，他不贪多，不求快，只求做实做细。他踏遍了村里的沟沟坎坎，与村里的每位党员干部都交了底谈了心。南台村共有 6 个自然村，215 户贫困户，他都逐一走访，脑子里记住了 1150 位村民的模样……

"家里有几口人，种了几亩地，一年收入有多少，致贫的主要原因有哪些……"金玉忠详细地问道。

白天，金玉忠到田里跟劳作的村民聊家常、讲政策，鼓励村民发展产业，早日脱掉贫困户的帽子。晚上，金玉忠完善资料，学习扶贫政策。一段时间下来，金玉忠每天的"扶贫日志"记得密密麻麻、满满当当，有文字、有数字，记的虽是一桩桩琐碎事，但每一件无不显示着扶贫干部的"纸短情长"！

通过走访，他发现村民脱贫的意识比较薄弱，村内基础设施亦不完善。因此，抓紧时间深入调研摸底成了他的首要工作。节假日和双休日，他入村访谈，全面掌握南台村的贫困人口情况、生产资源、发展潜力、攻坚难点。不久后，金玉忠便与村"两委"班子、驻村工作队员一起研究因人施策、因户施策的方案，确定了适合南台村的产业发展路子，制订了一套切实可行的"精准帮扶"工作方案，建立了每个贫困户都有帮扶责任人、每个贫困户都有脱贫项目和措施、每个贫困户都有脱贫时限的精准帮扶工作机制。

金玉忠已把自己当作一名"村里人"，学会了方言俚语，对村里各方面情况了如指掌。同时，他也深深体会到了驻村工作的繁琐和压力，深切地感悟到身为一名驻村第一书记的责任和担当。

从"探路人"到"排头兵"

"问渠那得清如许，为有源头活水来。"南台村川道区土地资源丰富，但因常年干旱严重缺水，良好的土地资源得不到有效利用。眼看着河里的水白白流走，金玉忠看在眼里，急在心里。

金玉忠与村"两委"班子成员沟通后，决定在村民代表会议上把自己修渠引水的想法提出来。让金玉忠没想到的是，修建引水渠的事情，得到了南台村村民代表的全票支持。可又有一个难题摆在了金玉忠面前，兴修引水渠不仅需要获得当地水利部门的支持，还需要一笔很大的启动资金。

几经辗转，金玉忠在得到乡政府的支持后，积极跟当地水利部门取得联系，又想尽办法为这项工程争取资金支持。在金玉忠的不懈努力下，终于筹集到了60万元建设资金。

修建蓄水坝时，金玉忠积极协调施工单位，争取他们雇用南台村年富力强的村民从事小工、零工工作。这样，蓄水坝修建了，村民们也获得了一笔收入。

蓄水坝修好后，过去的800亩旱地变成了水浇地，什字乡南台村等3个行政村的226户村民从中受益。如今，南台村地膜玉米亩产从1000斤提高到1300斤；冬小麦亩产从500斤提高到800斤。同时，还解决了2300多头家畜饮水问题。"这新建的引水渠真是修进了咱村民的心坎里，"南台村的村民一提起新建的引水渠，便竖起大拇指连连称赞，满脸洋溢着幸福的笑容。

听到这些话，金玉忠心里更加坚定：脱贫攻坚战，哪里有贫困"碉堡"，哪里就有党员干部的身影，在这场特殊战役中，驻村第一书记就是排头兵。

产业基础差，特色产业不突出，发展特色产业难度大，是摆在南台村眼前的严峻村情。怎么样才能让村民们的口袋富起来？这是驻村第一书记金玉忠日思夜想的大事。

金玉忠走访调研时了解到，南台村一直有肉牛养殖的传统，但受限于交通、资金等因素，没有形成规模。但村里土地资源丰富，每户最少有 20 亩地，有地就能种草，就能降低养殖成本。但是搞养殖业前期需要投入很大的资金，要建棚、青贮池，要购牛、买饲料等。资金的问题不解决，不做到心中有数，跟村民们怎么谈？

为了打通南台村通往外界的致富大道，金玉忠多方奔走，跑遍了县扶贫办、农牧局、财政局、银行等部门和相关企业，弄清了国家扶贫政策性补贴养殖要求、银行贷款政策等问题。前期工作做好后，金玉忠又先后组织召开了村党支部大会、村民代表大会、村小组会议。令人欣喜的是，村民们也积极支持搞养殖业。在金玉忠的努力下，为南台村争取到每年 1000

多万元的银行贷款，贷款贴息补助资金80万元。村里的养殖业轰轰烈烈地搞起来了。

"割草喂牛，打扫卫生，在合作社务工一个月有2000元到3000元的收入，还能学到养牛技术。我家也养了两三头牛，一年下来有几万元收入了。"在南台村肉牛养殖合作社务工的一位村民说道。入秋后，合作社的100余头肉牛进入长秋膘时期。在此务工的村民比以往更忙碌，每天都要早早来合作社给肉牛添加草料。在合作社务工两年，不仅每月有工资，还掌握不少养牛技术和窍门。如今，村民家的经济收入比过去增加不少，成功摘掉贫困户"帽子"。

真情服务暖民心

"经济要发展，群众要脱贫，离不开健全完善的基础设施。南台村基础设施直接影响到群众日常生活质量。接下来，驻村工作队要下苦功夫、用真功夫，拿出啃硬骨头、攻坚拔寨的闯劲韧劲，夯实脱贫攻坚基础，才能打赢脱贫攻坚战。"金玉忠在一次南台村"两委"班子会议上说道。

由于地处六盘山区，每到七八月，南台村就会进入多雨季节，很容易引发山洪。暴雨过后，路面被冲毁，严重影响村民生产生活。2017 年 8 月，一场暴雨过后，村民马舍有家门前 100 多米的生产道路被严重冲毁。马舍有来向金玉忠求助时说："这条生产道路非常重要，村内近 1000 亩地的粮食都要从这条路上往出运。"

眼下正是秋收时节，这条路牵扯到村内 100 多户村民的秋收大事，金玉忠在查看路况后和村"两委"班子成员商议决定，要尽快向什字乡政府和有关部门汇报。

经多方协调，西吉县财政局答应了金玉忠的请求，尽快给予南台村资金支持，抢修被毁道路。当马舍有听到自己家门前生产道路的维修资金终于有了着落，倍感焦灼的一颗心也踏实了。那一刻，金玉忠感到自己的努力没有白费，也感到了久违的轻松和舒畅……

"扶经济更要扶精神，扶上马还得送一程。只有发挥党员干部的带头作用，才能真正带领南台村全体村民脱贫致富过上小康生活。"金玉忠在南台村党支部会议上说道。

每年收缴合作医疗保险费，是让村干部最头疼的事情。部分村民总觉得每年向国家缴纳合作医疗保险费没有用武之地，还不如自己花了来得实在。"村民对这项惠民政策有了对立情绪，也让南台村村干部犯了难。"村支书杨奋珍说。

了解到村民的顾虑，金玉忠天天到村民家，给他们宣传政策打消疑虑，耐心细致地讲解发生在村民身边惨痛教训的案例，村民们理解了金玉忠的一片苦心，没过几天就把合作医疗费全缴齐了。

随着南台村村民生活水平的提高，大家对精神文化生活的需求也日益增长。每逢春节，村民们都会敲起锣鼓迎新春，扭起秧歌庆丰年。他们热爱运动，但缺少体育器材。金玉忠积极与相关厅局联系，帮助解决了 16 套户外健身器材、一副篮球架和一张乒乓球桌。听到这个好消息，村支书杨奋珍说："这下好了，村里年轻人打球，老年人活动筋骨都有设备了。"

金玉忠的故事可能是平实的，但他"无论风吹雨打，一步一个脚印"的行动，"只有拿贫困群众当亲人，用心用力用情地工作，设身处地为群众着想，才能真正得到群众的理解"的感悟，却体现着一名党员干部的初心和使命。

南台村因为有了这位冲在脱贫攻坚一线的金书记，实现了从被动脱贫到主动致富，改写了"一方水土养活不了一方人"的历史。

文沟村的"牛"日子

　　兰武英说起受邀赴北京参加庆祝中国共产党成立100周年庆典活动时，依然激动不已。"能在现场聆听习近平总书记的重要讲话，无比自豪和感动。作为一名基层党员，我要尽职尽责，发挥党员模范作用，带领文沟村村民把日子越过越红火。"

　　55岁的兰武英是固原市彭阳县红河镇文沟村党支部书记。作为文沟村土生土长的人，不仅目睹了老一辈文沟人生活的艰辛与不易，更是亲历了那段没自来水、没公路、没电的日子。

　　文沟村处于彭阳县最南端，与甘肃省接壤，干旱少雨，沟壑纵横。村民全靠雨水吃饭，若遭遇旱年则颗粒无收。

"以前，文沟村人吃的都是深沟里的山泉水，每天村里人一大早就要排队去担水，土路遇到溅出来的水滑得不能走，等到家里，两桶水就只剩一桶水了。这还好，要是遇上天旱，就只能步行几十公里路去隔壁的甘肃邻村担水吃。因为水太珍贵，所以除了吃饭，洗脸、洗衣服根本都不敢用水。"路窄、弯大、坡陡，车进不来，产点粮食拉不出去；没通电，村民家中唯一带电的物件就是个手电筒。

想起曾经的苦日子，兰武英连连摇头。

1992 年底，兰武英光荣地加入了中国共产党，先后担任过村小组组长、村会计。由于工作踏实，2003 年，兰武英当选文沟村村主任后，更是一心一意为村民办实事、解难题，把村民家的事当自家事，谁有困难都找他解决。辛勤的付出，乡亲们看在眼里、记在心里，2013 年，村支书竞选时，大家一致推举兰武英做了这个"当家人"。

"很小的时候，我就看到村里一有事都是党员、干部冲锋在前，出主意、想办法，带领大伙干。从那时起，我就想和他们一样成为一名为老百姓干实事的党员。"兰武英抓住国家扶贫惠民好政策，从文沟村百姓急难愁盼的事入手，一件件对接，一项项解决。如今，家家通上自来水，户户通上硬化路，村民的日子越过越好。

告别"望天水"吃上"放心水"

文沟村所处的彭阳县，水资源极度匮乏。工程性缺水成为全县经济社会可持续发展的主要瓶颈。

彭阳县先后实施了生命工程、农村饮水解困工程、农村饮水安全和巩固提升项目，建成了覆盖全县12个乡镇156个行政村的农村供水管网体系。2016年，宁夏中南部饮水工程建成，彭阳县有了稳定的水源，同时，埋在深山沟壑中的干支管线从3000公里延长到 7109 公里，而缺少水管员、水费收缴难等问题也接踵而至。

那时候，兰武英每隔两天就要跳进蓄水池手动推闸开泵，等水位上来再关闭水闸。一旦停水抢修水管就得四五天，村里人又得跑到邻省买水吃。

"一个山头上住几户人家，水池在山上，泵在山下，该放多少水只能凭经验，要是水从水池里溢出来还会把地给淹了。"水管员马自有说，"每次上门收缴水费都特别忐忑，不是怕多跑几趟，而是怕群众对供水有意见，不愿缴水费。"

兰武英意识到单靠村里没办法解决村民怎么才能吃上放心水的事，为此，他成了镇政府、县政府的常客。不管哪一级部门来村里调研，兰武英总是抓住机会反映问题，如何让村民吃上放心水成了那些日子他最爱唠叨的事。

有一天，彭阳县水务局副局长常富礼打通了兰武英的电话："兰书记，告诉你一个好消息，县委、县政府筹集了一笔资金，要彻底给大家解决吃水难的问题。你赶紧把村民召集起来，我们请了几名专家，给大家说改造泵站的事……"

兰武英立即召集村民开始行动。

这一年，彭阳县组建成立县水务投融资平台，通过多渠道争取，积极筹措资金3.1亿元，对泵站、水池等进行自动化控制改造，为37座泵站、96座蓄水池安装了液位传感器、无线采集等自动化设备，通过建设智能门户、移动App等项目，保障了从水源地到用水户每个供水环节的全程自动化运行、调度，实现了人饮安全运行管理的信息化、一体化和现代化，解决了全县19万农村群众安全饮水"最后一百米"难题。

念好养牛经　山村发牛财

面对没有产业一穷二白的"空壳村"，如何带领百姓脱贫致富奔小康？

　　兰武英想，文沟村历来有养牛的传统和经验，以前养牛主要用来耕地，大家都挺懂"牛脾气"，规模养殖肉牛是一条致富的新路子。但过去村民只是养一两头耕牛用于生产，要想发展肉牛规模养殖，资金就成了问题。

　　正当村"两委"班子为钱的事发愁时，2014年，县财政局出台了全额贴息贷款扶持建档立卡贫困户的好政策，大伙儿眼前一亮。同时养牛和建设基础牛棚政府都有补贴，群众一下子有了养牛的积极性。

　　起初，有村民试着先养三四头牛，育肥之后卖出去赚到钱，再多进一两头牛循环发展，逐渐扩大规模。通了水以后，水管也通到牛槽边，牛羊畅饮无忧，文沟村大展拳脚，成为县里千头肉牛养殖示范村。

　　文沟村村民马亮亮前些年一直养羊，看到养牛行情好，政府补贴高，马亮亮"眼馋"，也开始跟着养牛，从小对养殖感兴趣的他很快摸到了门道，仅仅一年后，马亮亮的六七头牛给他带来了一笔可观的收入。今年马亮亮养殖的牛存栏数接近70头，成了村里"牛气冲冲"的养殖大户。随着产业持续扩大，精明能干的马亮亮也当起了牛贩子，每天电话响个不停。

村民兰梅香家的牛棚里，26头体格健壮、膘肥肉厚的牛儿正在欢快地啃食草料，兰梅香像照顾自己的孩子一样，细心地给牛添饲草料，脸上洋溢着幸福的笑容。她做梦也没有想到，从2014年的两头牛能发展到现在这个规模。

7年来，兰梅香不仅通过养牛实现了脱贫，还成了当地的致富带头人，实现了从建档立卡贫困户到致富带头人的华丽转身。

兰文选以前也是建档立卡贫困户，通过这几年的发展，养殖的牛存栏近70头，成为村民们公认的致富带头人，不仅自己富了口袋，还经常帮助村民养牛。

这天，兰文选刚从售牛市场上看行情回来，在回家的路上，看到从村部下班回家的兰武英，高兴地说："最近牛的行情不错，我正准备出栏几头大牛，再购进几头小牛。"

兰武英说："现在金融扶贫贷款也容易了，国家产业扶持，建牛棚补钱，腌草补钱，修草池子也补钱，见犊补母。我们大家一定要抓住这个机会，做大养牛产业，发家致富过上好日子"。

兰文选说："是啊，十里八乡的养牛规模都不如我们村的养牛规模。但是我今天发现，就是这几天，草料又涨价了，本来咱们村几个大户还要找我卖几头小牛，看这个草料钱，怕是这个规模大不了。书记，您再给大家伙儿想想办法。"

正巧碰上村民兰文祥开着三轮车过来，要去地里收苜蓿。

兰武英问："今年你家饲草够不够牛吃？"

蓝文祥说："这几十亩苜蓿一茬一茬地收，但是到了冬天，还得买三五车青贮饲料，现在买饲料也是一笔不小的支出。"

第二天一上班，兰武英就召集村"两委"班子开会，商量扩大饲草种植的事。没想到大家伙十分支持，当天，他们就筹集到10万多元购买种子。

兰武英说："这样我们村就能再增加一批致富带

头人，今年青贮玉米就算种上 2200 亩也不够咱们村养殖肉牛。我们村上干部首先要带头种青贮玉米，还要请农技站的专家给老百姓专门传授技术，把老百姓的积极性再提高一下。"

从此，家家种青贮玉米，户户都养牛，文沟村脱贫致富的路宽阔起来。

先富帮后富　过上"牛"日子

秋日，青草夹裹着白霜，在初升的太阳光下显得格外静谧，叽叽喳喳的麻雀，叫醒了沉睡的村庄。站在文沟村的崖上环顾，草木葳蕤，作物丰满，村道整洁，牛羊成群。

兰武英和村民们正在制作青贮饲料，这是全村近 2600 头肉牛的优质口粮。

60 岁的村民兰文选在朋友圈里发布：兰文祥家

12 头牛卖了 21.9 万元；兰忠保家 26 头牛卖了 40 多万元；前两天，兰天亮家的 6 头牛卖了 11.85 万元……

这天，兰武英把文沟村几户养殖大户请到村部，让他们给想搞产业的其他村的群众讲讲自己的"致富经"。

兰文选说："我刚开始养牛是卖大牛，养小牛，小牛育肥出售。遇到没牛的村民来找我想赊上一两头小牛，我是会给他们赊呢。等小牛育肥出售后，他们把钱挣了就会给我把本钱还上。"

兰梅香说："2014 年，我家还是建档立卡贫困户，因为抓住机会向银行贷款买了几头牛开始养，现在发展到二十多头牛。"

兰声天给大家算了笔账，买进一头架子牛 8000元，育肥 4 个月可卖 1.3 万元，除去饲料等费用，可赚 2000 元。去年他一共出栏了 11 头牛，赚了近 3 万元，而且一个人就可以忙活过来。

一度被银行列入"黑名单"的村民兰忠保，在村"两委"的帮助下，成功贷到 15 万元资金，养牛规模达

50 多头牛。"我原来就 6 头牛,如今变成 50 多头牛,这离不开兰书记帮我跑贷款,他自己还借给我 3 万元。以前外出打工讨生活,现在在家养牛一年赚十几万元,明年我想再扩大养殖规模。"谈起这几年的变化,兰忠保有些激动。

文沟村发展产业的消息像长了翅膀一样,飞出大山传到了外出打工者的耳朵里,不少人开始返乡创业。

近几年来,文沟村借助千头肉牛养殖示范项目和产业精准扶贫政策支持,培养科技养殖示范户 21 户,累计建成标准养殖暖棚 501 栋,建成 100 立方米以上青贮池 101 座,360 户肉牛养殖户共存栏牛 2500 多头。2021 年全村人均可支配收入达到 12400 元,草畜产业收入 6500 元以上,呈现出"家家种草、户户养畜,以贩促养、贩养结合"的良性发展景象。

几年下来,文沟村没有一户群众拖欠贷款,没有一户老百姓上访,用村民兰文清的话说,"现在大家都忙着弄产业,谁还顾得上淘气呢?"

这份优异的"成绩单"得益于文沟村群众的和睦

与互助，他们相互学技术、讲经验，不管谁家遇到难处，大家都热心搭把手，家里的大事小情互相帮助，村里的事情一起商量，相处得就像一家人。

"共同团结奋斗，共同繁荣发展"，成为文沟村人勤劳致富的"精神密码"。

心底无私甘为民

杨满福有句口头禅：手勤庄稼好，心齐力量大。这是他在担任固原市原州区三营镇孙家河村支部书记多年后总结出来的。

走进今天的孙家河村，翠绿的蔬菜一眼望不到边，村民们忙着摘菜、装车；房前屋后，家家牛羊满圈，一派和谐的新农村图景，让人心生温暖。

躬身苦寻致富经

固原市原州区三营镇孙家河村全村近 2000 人。杨满福自幼就生活在这里，从他记事起，村里各族群众互帮互助，相处得就像一家人。

杨满福小时候家里贫寒，得到过村里人的接济，他在心里悄悄地记住了这份恩情。

长大后，杨满福在新疆跑大车做生意。在这个过程中，他发现周围的人都想跑车做生意，但是苦于手头资金有限，一下子买不起几十万元的车。

了解到这些情况后，杨满福想帮助大家解决这个问题，他提出自己作担保，让大家以分期付款的方式购买车辆，然后一边挣钱一边还款。孙家河村里的一部分村民在他的担保下买了大车，生意做得红红火火。村民们都希望他当村主任，带着大家一起脱贫致富。

在大家的期望中，杨满福以致富带头人的身份走马上任，成为孙家河村村主任。

有的村民懂技术，有的村民擅长销售，杨满福就带着村民们相互"取经"，齐心协力发展蔬菜产业。刚开始推广蔬菜种植时，村民大多数还是沿袭旧有的思维，愿意做生意，不愿种菜，质疑声不断。为了让大家改变观念，杨满福自己带头种菜，并成立了蔬菜合作社，帮着村民销售。

为了大规模种植蔬菜，帮助村民获得更好的收益，杨满福经常带领村"两委"班子外出考察。哪种菜的市场前景好，就引导村民们种哪种菜。经过深入细致的考察，杨满福掌握了一套按地理和时令来选种的"妙方"，他抓住时间差，在外地时令蔬菜因过季而供货不足时，将孙家河村刚刚成熟的蔬菜卖出去。

在产业发展中，他发现部分村民有强烈的发展意愿，但因各种原因贷不到款，这些难题像石头一样压在杨满福的心中。他认真学习金融扶贫贷款相关政策，积极与原州区扶贫办、三营镇政府对接，先后协调三营信用社、三营农行为全村 420 户群众发放贷款800 多万元，有效解决了村民发展致富资金短缺的难题。他还及时掌握村民每年贷款情况，并根据村民贷款年限及时督促贷款村民按时归还本息，建立村民诚信制度。

"刚开始，村民贷款需要农户联保，随着信誉度不断提高，现在仅凭信誉度就可以贷款。"杨满福说。

　　产业规划好了，新的难题又出现了。由于村里的烂泥路多，导致蔬菜运不出去，客商走不进来。长期以来，饮水、灌溉全部依靠地下水，扩大蔬菜种植面积后，农作物与人畜饮水的矛盾更加突出。为了彻底解决村民出行难和缺水问题，杨满福和村"两委"班子多次与相关部门积极争取项目。2008年，村里的主干道实现硬化，随后三年的时间里，村道全部完成硬化。2010年，村里新打机井3眼，实施自来水入户600户，覆盖全村所有农户。村委会又争取专项资金，配备路灯，修建垃圾处理点，种植道路两侧绿化树，全村基础设施得到明显改善。

　　在杨满福的带领下，孙家河村采用"合作社＋基地＋农户"的模式，统一规划、统一种植、统一技术、统一施肥、统一销售，带动村民种菜向标准化、规模化和高端化发展，蔬菜种植不仅成为村里最主要的产业，也成为原州区的拳头产业。

　　"全村种菜2000多亩，在蔬菜基地务工人员300多人。产业发展为村民提供了挣钱机会，村民凭借种菜技术，既能在家门口务工，又能提高产业化水平，实现产业兴旺与群众致富双赢。"杨满福兴奋地说。

"在家门口务工，赚了钱同时还能照顾家人，特别方便。"村民买廷兰在基地干活已经好几年了，她从每年春播开始，一直干到秋季采收。一年连续干8个多月，年收入2.5万余元。

团结和睦齐奋进

2002年，杨满福出任孙家河村支部书记。他老说，心齐力量大。他组织村"两委"班子成员，利用"民族团结月"等活动对村民进行民族团结宣传教育。每逢传统节日，都要组织开展一些有益的文化娱乐活动，既活跃了村民的文化生活，又增进了各族群众间的感情。

杨满福常说，村党支部有没有战斗力，村干部在群众心里有没有威信，关键在于支部一班人能否搞好团结，在处理村里事情上能不能做到公开、公平、公正。为了搞好支部团结和各族群众之间的团结，杨满福始终做到不利于团结的事坚决不干，不利于团结的话坚决不说。对村里的各项开支和国家的惠民补贴、低保和扶贫到户项目等资金，坚持实行公开公示制度，接受广大村民监督。

维护民族团结，已逐渐融入孙家河村各族群众的思想和行动中。

孙守义家里缺少劳动力，十几亩地一时种不上，杨满福看在眼里，急在心头，他动员自己的儿女帮忙种菜，还联系菜贩子帮忙销售。村民丁义虎做贩羊生意在十里八乡有名，平时种菜、打药、割苜蓿这些农活经常与孙守义家互相帮着干。孙守义家的羊要出售，丁义虎全程包办，最后妥妥地将卖羊钱交到孙守义手上。不只是孙守义一家，其他村民需要卖牛卖羊的，也都放心地交给丁义虎帮忙。

海英虎种了十几亩蔬菜，苗志文上门手把手教种植技术。最为难能可贵的是，村民们谁家遇到婚丧嫁娶的事情，对门住着的邻居就主动承担起招呼亲戚的义务。王占川家娶儿媳妇，对门住着的丁义虎在自己家里帮忙张罗办宴席，招待乡亲。无论谁家有困难有需求，不分民族，不分年龄，村民们都第一时间伸手帮忙，互帮互助奏响了孙家河村民族团结的主旋律。

在孙家河村，各族群众之间很早就有认干亲的习俗。大家都在一个村子住着，门对着门，户连着户，每年春节，各族群众相互拜年问候、送吃的喝的，经常走动，相处得像亲兄弟一样。

杨满福说，他将继续带领群众发扬民族团结一家亲的良好传统，用勤劳的双手创造更加美好的生活。

在脱贫攻坚战中，孙家河村的团结成了远近闻名的佳话。虽然是非贫困村，但是村里依然有43户建档立卡贫困户。为了让这些人尽快脱贫，杨满福千方百计想办法。他与村第一书记积极协作，带领村"两委"班子和驻村干部深入贫困户家中充分了解情况，为贫困群众脱贫致富出主意、想办法，带动大家持续增收致富。

建档立卡户丁义荣 40 多岁，家庭变故受了刺激，神志不清，村上将其送进精神病医院治疗了一段时间，病情好转后，又给他安排了护林员的工作，每月收入 800 元。村上的会计杨冬宏看着丁义荣可怜，就把家里的柜子送给他。村里的其他群众平时也经常给他送去吃的、穿的，去他家里帮忙打扫卫生、洗衣服、晾晒被褥。走进孙家河，奶奶、爷爷、叔叔、伯伯、哥哥、弟弟、婶婶、嫂子的称呼随处可闻，作揖还礼随处可见。

杨满福以朴素的道理、浅显的俗语，通俗易懂地给村民讲民族团结的重要性。他经常给村民们说，"咱们真应该感谢共产党，现在的生活和过去比，简直是翻天覆地的变化。过去吃不饱穿不暖，现在咱们是要啥有啥，大家要知足，也要感恩。团结出生产力，团结出战斗力，没有团结，所有的这一切就无从谈起。"

2020 年，新冠肺炎疫情发生后，村支部一班人迅速行动，按照镇上要求，给全体村民宣传防疫政策和措施。村支部组成防疫队、志愿者服务队坚守在各个路口，做好来往人员的登记、消毒及检查工作。村民也迅速执行村支部决定，做到了严防死守，没有出现任何问题，在三营镇树起了好榜样。

为了保障大家的正常生活，村民杨满忠冲在最前头，主动挑起外出采购生活用品的担子。他骑着三轮车往返于三营镇街道和孙家河村之间，每天骑行十几公里；退休老师王占川在挨家挨户宣传疫情防控知识的同时，又重新回到讲台，给村里的孩子们补课；大学生陈杰峰加入疫情防控志愿者队伍，主动参与夜晚值守、入户宣传。

这时候，大家都意识到，人人都做一点事，尽一份力，就能给国家减轻一点负担。

在党史学习教育中，孙家河村结合实际，在农闲时节采取不定期集中学习。农忙时，支部一班人就在田间地头、农家小院给大家讲党史，并且针对农民特点，重点宣传党的富民政策。

一个党员就是一面旗帜，一个支部就是一座堡垒。这句话在孙家河村党员和支部一班人中无数次地被验证。

精心呵护清水河

在固原市清水河的治理中，作为河长，杨满福每天都要沿着河岸走一遍，把清水河在孙家河村段的每一处变化都记在心里，并带着村民全员参与河道清污。甚至谁在河岸丢了垃圾，都要"追踪"到家里去。

"以前，沿河一带青蛙、野鸭子多得很。我们靠河吃河，挑着扁担到河里打水，掬起一捧水，直接就喝。20 世纪 90 年代，清水河的颜色开始变了。河道两岸开起了造纸厂、淀粉厂，工厂里的污水排到了河里，沿河居民也把垃圾往河里倒，原本清澈的河水开始发黑，变得臭气熏天。"杨满福一边回忆一边说。

河水不能喝了。村民开始到很远的地方去挑水、拉水。从孙家河村到三营镇，要走十几里的路，用拖拉机拉一箱水要 20 元。此后很长一段时间，人们把清水河叫作"臭水河"。

2017 年，清水河整治"战役"打响。一辆辆挖掘机、翻斗车开进清水河河道，清淤铲泥，杨满福带着村民积极地参与其中。

"光垃圾就挖了半年。我们在村里天天讲，要搞好生态环境治理，就要保护母亲河，保护生命河。今天看来，苦没白下！"望着河里嬉戏的野鸭，杨满福满脸笑容。

但治理河道并不容易，也有村民偷偷往河里倒垃圾。

2018 年夏天的一个傍晚，杨满福巡河时发现河道上有一袋垃圾。杨满福扒开垃圾袋，从一张废纸上寻到了蛛丝马迹。

凭着这张废纸片，杨满福追寻到一户村民家。"我们天天讲环保，天天带动大家清扫垃圾，你咋还这么干？对不爱护环境、乱倾倒垃圾的人，我们要发到村微信群里，曝光！"

"该村民红了脸，一个劲儿说下不为例。那以后，再没见到村民在河道里扔垃圾。"杨满福说，"大家都知道不爱惜环境的严重性，现在看着天蓝地绿水清，心情舒畅多咧！"

杨满福从20多岁就为孙家河村民服务，如今，他从一个青葱少年变成两鬓斑白的老者。30多年来，他把自己的全部心血都奉献在故乡这片热土上，他的人生写满了有趣和有价值的故事，他走过的每一条路都闪烁着奋力拼搏、助人为乐的光芒。他用自己的一生践行了中国共产党人不忘初心、牢记使命，矢志不渝为民服务的精神。